suhrkamp taschenbuch 1130

Villy Sörensen wurde 1929 in Kopenhagen geboren und studierte dort und in Freiburg Philosophie und Sprachen. 1953 veröffentlichte er den Erzählungsband *Sonderbare Geschichten*, der eine solche Beachtung fand, daß er bald darauf in Übersetzungen in London und New York erschien. 1955 folgten die *Ungefährlichen Geschichten.* 1984 erschienen die deutschsprachigen Ausgaben *Ragnarök* und *Seneca.* Sörensen war zusammen mit Klaus Rifbjerg 1959–1963 Herausgeber der größten dänischen Literaturzeitschrift »Vindrosen«.
Die Geschichten von Villy Sörensen gehen von einer absurden oder als absurd erkannten realen Situation aus, entwickeln sich mit beklemmender, zuweilen sarkastischer Logik und fesseln den Leser durch ihren hintergründigen Sinn. Ob er von der seltsamen Tigerplage, die eine ganze Stadt befallen hat, und dem überraschenden Verhalten der endlich befreiten Bewohner erzählt oder von dem Kaufmann, der seinen Kunden nur verkaufen will, wessen sie bedürfen, ob er eine Satire auf Kafka-Nachahmungen schreibt, die selbst zu einer spannenden, unheimlichen Groteske wird, ob er die heimlichen Spiele von Kindern oder die tragisch-komische Liebe von Zwillingen schildert – stets spürt man, daß Sörensen mit ironischem Märchenton von einer Wirklichkeit spricht, die uns täglich umgibt, aber meist verborgen bleibt.

Villy Sörensen
Tiger in der Küche

und andere ungefährliche Geschichten

Phantastische Bibliothek
Band 146

Suhrkamp

Redaktion und Beratung: Franz Rottensteiner
Die Erzählungen wurden für die Ausgabe im Insel-Verlag
im Einvernehmen mit dem Autor ausgewählt
aus den Bänden *Saere historier* (Kopenhagen 1953)
und *Ufarlige historier* (Kopenhagen 1955)
Aus dem Dänischen von Ellen de Boor
Umschlagzeichnung von Tom Breuer

suhrkamp taschenbuch 1130
Erste Auflage 1985

Lizenzausgabe mit freundlicher Genehmigung
des Insel Verlags, Frankfurt am Main
Suhrkamp Taschenbuch Verlag

Druck: Nomos Verlagsgesellschaft, Baden-Baden
Printed in Germany
Umschlag nach Entwürfen von
Willy Fleckhaus und Rolf Staudt

1 2 3 4 5 6 – 90 89 88 87 86 85

Das Entsetzliche ist unterhaltend,
wenn es nicht gefährlich ist.

NACH ARISTOTELES

Tiger in der Küche

I

Zwei Brüder, die erst vor kurzem von Hause fortgezogen waren, erhielten beide zur gleichen Stunde von ihrer verlassenen Mutter ein Telegramm: Sofort heimkommen. Tiger in der Küche.

Da weder Steen, der Ältere, noch Fif, der Jüngere, an demselben Ort in der Welt wohnte, hatten sie keine Gelegenheit, den Wortlaut des Telegramms gemeinsam zu bereden, aber sie zweifelten nicht daran, daß der Wahnsinn gleich einem Raubvogel auf das vereinsamte Hirn ihrer Mutter herabgestoßen war, und eilten so schnell nach Hause, daß es keinem gelang, vor dem anderen anzukommen. Im gleichen Augenblick traten sie durch die Gartenpforte, die schon so alt war, daß man sie nur schließen konnte, indem man sie mit einem Stück Draht am Zaun befestigte. Sie lösten den Draht und standen gleich darauf im Garten. Längs des Weges, der zu dem roten Hause führte, hielten Lavendelbüsche, aufrecht wie Zinnsoldaten in blauen Uniformen, Wache vor den Rosen, die sich keusch und fraulich im Winde wiegten.

Ihre Hände griffen nach demselben Türklopfer, denn es gab nur diesen einen, und ließen ihn mit einem Ton gegen die Tür fallen, der wie von einer wehmütig ausrangierten Glocke klang. Als der Ton erstorben und alles so still war, daß das Summen der Bienen in den Lavendelbüschen donnergleich dröhnte, hörten sie die ängstliche Stimme der Mutter:

»Wer ist da?«

»Wir sind es«, antworteten sie wie aus einem Munde, und mehr brauchten sie nicht zu antworten; die Tür ging auf, die Mutter stand da, und sogleich sahen sie, daß sie bis zu dieser Stunde mehr Zeit durchlebt hatte, als seit ihrer Ab-

reise vergangen war. Ihre Haare waren vorher braun gewesen, nur die ältesten an der Spitze schon grau, jetzt waren sie plötzlich alle weiß. Einst waren ihre Augen blau gewesen, jetzt war die Farbe aus ihnen herausgeschwemmt, und sie waren grau geworden. Und ihre Gestalt war eingeschrumpft, die feine Röte, die man häufig auf den Wangen alternder Frauen gleich einer vagen Erinnerung an eine gefühlvolle Jungmädchenzeit ahnt, hatte sich durch die Abmagerung des Gesichts zu blutroten Streifen zusammengezogen. Ihr Blick suchte erst hinter den Brüdern, als fürchte sie, wilde Tiere dort auf der Lauer liegen zu sehen, dann erst wendete sie sich ihnen zu mit Tränen, so durchsichtig, daß die Augen durch sie zu sehen waren, und sagte:
»Wie dünn ihr doch geworden seid! Und ich kann euch nicht einmal etwas zu essen geben wegen des Tigers, der in der Küche sitzt.«
Es zuckte um den Mund der Brüder, und daher vermochten sie nichts zu sagen. Der Vater kam heraus, in der einen Hand einen Band des Konversationslexikons; die andere hielt er ihnen entgegen. Die Söhne drückten sie etwas verlegen; denn sich zu begrüßen war eine altmodische Sitte, die zuviel Zeit kostete und bei der jungen Generation nicht mehr üblich war. Auch der Vater war mager geworden, doch war sein Gesicht nicht im Ganzen eingeschrumpft, sondern nur hier und da runzlig und gefurcht, so daß er jetzt das Aussehen eines sehr erfahrenen und ziemlich gelehrten Mannes bekommen hatte.
Die Mutter nahm den beiden Söhnen die Mäntel mit gleicher Liebe ab, sie selber gingen mit dem Vater in die Wohnstube.
»Ihr wißt, eure Mutter kann ihre eigenen Ideen haben, aber niemals meine«, sagte er und seufzte. »Wir bekommen nie mehr etwas zu essen, weil sie behauptet, in der Küche säße

ein Tiger. Selbstverständlich wollte ich hinausgehen und ihn fortjagen, aber sie hat die Tür zugeschlossen und den Schlüssel versteckt. Jetzt sitze ich hier und lese im Konversationslexikon über Tiger nach, und da steht alles mögliche, aber nichts davon, daß sie in Küchen leben.«

»Ich habe das früher auch nie gesehen«, gab die Mutter zu, die gehört hatte, was der Vater sagte; denn sie war jetzt auch ins Zimmer gekommen. – »Es war vorigen Samstag, das Kalbfleisch *war* gekocht und stand in einer Schüssel auf dem Küchentisch, ich wollte es holen – da saß so ein Tiger mitten in der Küche und brüllte wie ein Löwe. ›Pack dich‹, sagte ich, ›und sei hübsch artig‹; aber was glaubt ihr wohl, er kam auf mich zu, auf allen seinen vier Beinen, und knurrte, so daß ich hinauslaufen und die Türe zuschließen mußte, und zwar von außen!«

»Seid ihr denn seitdem nicht in der Küche gewesen?« fragten die Söhne wie aus einem Munde.

»Wir können doch nicht hineingehen, solange er dort sitzt.«

»Aber woher wißt ihr denn, daß er noch dort sitzt, wenn ihr seitdem nicht drin gewesen seid?«

»Oh, man hat doch nie gehört, daß Tiger durch geschlossene Türen gegangen sind. Und dann hätten wir es doch gemerkt.«

»Es muß eine Täuschung gewesen sein«, sagte Steen. »Das gelbe Licht von der Lampe und die schwarzen Schatten, die die Lampe wirft – das kann sich wohl zusammen wie ein Tigerfell ausnehmen.«

»Wenn ihr mir nicht glauben wollt, könnt ihr ja selbst hinausgehen und nachsehen«, sagte die Mutter weinend.

»Genau das, was ich immer gesagt habe«, meinte der Vater, und alle drei versammelten Männer waren bereit, hinauszugehen.

»Nein,« rief die Mutter erschrocken, »so habe ich es nicht gemeint.«

Aber Steen, der ein Forscher war, setzte seinen Tropenhelm auf den Kopf und nahm seinen Revolver in die Hand, und nach langen Verhandlungen gab ihm die Mutter schließlich den Schlüssel und zugleich die Erlaubnis, ihn zum Aufschließen der Küchentür zu benutzen, doch unter der Bedingung, daß Fif, der keinen rechten Beruf hatte, um einem Tiger zu imponieren, sich vorsichtig zurückhielt. Das erste, was durch die langsam geöffnete Küchentür hineinkam, war der geladene Revolver, gleich darauf folgte Steen im Tropenhelm, der Vater mit seinem ältesten, zum Schlage erhobenen Spazierstock, Fif mit weitaufgerissenen Augen und die Mutter, eine Hand auf seinem Arm.

Auf dem Fußboden lag – ein Riesentiger und schlief. Natürlich war der Anblick furchtbar, aber die Schnurrhaare des Tigers wehten in seinem eigenen Atem wie schüchterne Grashalme im Wind. Steen indessen richtete seinen Revolver auf das Herz des Tigers; er wußte, wo es saß, wenn man es auch nicht sehen konnte, und wollte ihn erschießen, ehe er aufwachte. Aber unglücklicherweise erwachte er bei dem Knall, erhob sich auf alle seine vier Beine, zuerst jedoch auf die vorderen, gähnte und sog dabei so viel Luft in sich hinein, daß sie zusammengepreßt in seiner soliden Luftröhre pfiff. Er richtete seine kleinen hellen Augen auf die Eindringlinge. Es war wie ein eiskalter, nebeliger Abend, wenn der Wind einem über das Haar fährt und es zu Berge stehen läßt.

»Das ist aber sonderbar,« sagte Steen und wog den Revolver in der Hand, »mit diesem Revolver habe ich ein Nashorn durch seine Lederhaut geschossen. Ob er wohl ein normaler Tiger ist?«

»Könnte er wohl«, stotterte Fif, der etwas jünger war als Steen, »ein verwunschener Prinz sein?«

Und während die Mutter ihn am Arm zog und sie alle aufforderte, wieder hinauszukommen und die Tür abzuschließen, betrachtete er den Tiger – und irgendwo tauchte es in ihm auf, wie er als Kind im Zoologischen Garten derselben Stadt vor dem Käfig des Tigers gestanden und zu ihm gesprochen hatte – ohne Antwort zu bekommen, ihm zugeblinzelt hatte, ohne die starren Augen des Tigers zutraulicher zu machen, ja, ihn angebrüllt hatte, um sich ihm in dessen eigener Sprache verständlich zu machen. Aber der Tiger war und blieb blasiert, und Fif hatte, trotz seiner wenigen Jahre, geweint wie ein verschmähter Freier; er hätte es als größtes Glück seines Lebens betrachtet, diesen Tiger zum Spielkameraden zu haben. In seinen Träumen hatte er mit ihm gespielt, mit ihm gekämpft, mit ihm gekost – und jetzt, wo dies alles in ihm auftauchte und er wiederum einem Tiger von Angesicht zu Angesicht gegenüberstand, wurde ihm das Herz schwer und begann heftig zu klopfen, und er fühlte das Bedürfnis, etwas für den Tiger zu tun.
»Ob er wohl Hunger hat«, sagte er und trat auf ihn zu. Da aber die Mutter seinen einen Arm immer noch festhielt, sah er sich gezwungen, dem Tiger den anderen hinzustrecken.
»Paß auf,« rief der Vater, »Tiger können kräftig beißen!«
»Wenn wir ihm nichts zu fressen geben, wird er wohl uns fressen«, antwortete Fif, und da Steen zur Bekräftigung nickte, nahm er ein Stück von dem gekochten Kalbfleisch auf dem Küchentisch und reichte es dem Tiger hin. Der richtete seine kalten Augen wie zwei Eisbrocken auf sein Gesicht, Fifs Hand begann zu zittern, und er ließ das Kalbfleisch fallen. Aber der hellrote Rachen des Tigers fing es behende im Fluge auf und verzehrte es im Handumdrehen. Und wohl zum Zeichen, daß er noch nicht satt sei, hob er seine Schnauze zu Fifs Hand auf. Rasch ergriff diese noch ein Stück, und mit dem ging es genauso. Erst beim dritten

Mal hatte er zu dem Tiger so viel Zutrauen gewonnen, daß er ihm das Kalbfleisch hinreichen konnte, ohne es fallen zu lassen.
»Hör doch auf,« rief die Mutter, »er frißt ja unser ganzes Kalbfleisch.«
»Das Kalbfleisch ist das wenigste,« antwortete der Vater, »wenn wir selber nur gesund bleiben.«
Steen hielt den Revolver unentwegt auf den Tiger gerichtet, nicht so sehr, um auf ihn zu schießen, denn die Kugeln schienen ja bei diesem Tiger nicht zu wirken, sondern nur, um ihn zu schrecken. Fif sah mit immer größer werdenden Augen, daß die Schüssel bald leer war, jetzt waren nur noch Kartoffeln übrig, und es verhieß für die Zukunft nichts Gutes, daß der Tiger seine große bunte Nase rümpfte, bevor er seine Zähne über dieser Pflanzenkost schloß. Wenn alles vertilgt und der Tiger doch nicht satt war – denn niemals war ein Tiger noch von gekochtem Kalbfleisch mit Kartoffeln satt geworden – wen würde er dann zuerst fressen?
»Nicht alle Tiger fressen Menschen,« sagte Steen, der offenbar an genau dasselbe dachte, »nur manchmal gibt es Menschenfresser unter ihnen.«
»Wie kann man denn feststellen, ob dieser Tiger da kein Menschenfresser ist?« fragte die Mutter.
»An den Streifen«, sagte Steen zur Beruhigung, aber natürlich haben alle Tiger Streifen.
Da reichte Fif dem Tiger die allerletzte Kartoffel hin und ließ sie fallen, und der Tiger fing sie aus der Luft auf. Steen richtete seinen Revolver mit noch größerer Sorgfalt auf den Tiger, auch der Vater holte mit seinem Spazierstock so heftig aus, daß dieser fast den Boden hinter ihm berührte und die Mutter ein wenig zur Seite treten mußte. Aber der Tiger, der doch unmöglich satt sein konnte, schleckte sich das Maul, damit die Sauce nicht in den Schnurrhaaren kleben blieb,

dann kehrte er ihnen den Rücken, was sehr beruhigend wirkte; denn von hinten gesehen ist sogar ein großer dikker Tiger verblüffend klein und schmächtig im Verhältnis zu seiner Größe. Und ohne auch nur ein einziges Mal den Kopf zu wenden, lief er durch das schwarze Loch in der Wand, das zur Speisekammer im Keller hinunterführte.

»Ih,« jammerte die Mutter, »unten stehen alle die eingemachten Früchte.«

»Die eingemachten Früchte sind das wenigste,« entgegnete der Vater, »wenn nur wir selbst am Leben bleiben.«

»Das ist eine gefährliche Geschichte«, sagten beide Söhne und waren sich sofort darin einig, daß etwas getan werden müßte. Vorläufig stellte sich Steen mit seinem Revolver am Schacht zur Speisekammer auf die Lauer, so daß die Mutter endlich die Möglichkeit bekam, in der Küche Essen zuzubereiten. Fif wurde, wie einst als Kind, zum Metzger geschickt und ging in die Stadt; denn es war kaum ratsam, etwas aus der Speisekammer zu holen.

Nachdem sie gegessen und dem Tiger Milch hingestellt hatten, blieben sie lange sitzen und besprachen, wohin man sich wenden sollte, um den Tiger loszuwerden. Die Eltern hielten es für das Nächstliegende, einen Tierschutzverein anzurufen, die Söhne wendeten jedoch ein, daß es sich in diesem Falle nicht darum handele, Tiere zu schützen, sondern Menschen, und daran hätten die Tierschutzvereine schwerlich Interesse. Sie wollten den schönen Tiger vielmehr dem Zoologischen Garten anbieten, aber sie wußten nicht, ob Zoologische Gärten ihnen angebotene Tiere selber abholten oder ob sie verlangten, daß man sie hinbrächte. In letzterem Falle würde es nicht nur ziemlich teuer kommen, sondern auch sehr schwierig sein, ihn hinzutransportieren; denn er war zu groß, um in einem Fahrradkorb zu sitzen.

Um diese Zeit hatte der Vater aus alter Gewohnheit die

Nachrichten im Radio aufgedreht, um zu hören, ob neue Kriege ausgebrochen waren; aber das allererste, was sie von dem Ansager hörten, war zu ihrer eigenen Überraschung das sehr aktuelle Wort: *Die Tigerplage.*

Natürlich spitzten sie alle die Ohren, so gut sie nur konnten, und nachdem der Sprecher ausführlich über alle Witterungsverhältnisse im In- und Ausland berichtet hatte, wurden ihre Ohren für die Anstrengung belohnt:

»Es verlautet aus vielen Teilen des Landes, daß sich gelbe Tiger mit schwarzen Streifen in Häuser friedlicher Bürger eingeschlichen haben, um sich mit Vorliebe in Kellern oder Vorratskammern verborgen zu halten. Dieser drohenden Ausweitung des soliden Tierbestandes unseres Landes stehen alle völlig verständnislos gegenüber und das um so mehr, als der Direktor des Zoologischen Gartens persönlich dem Radionachrichtendienst meldet, seit Menschengedenken sei kein einziger lebender Tiger aus dem Garten entwichen. Da beim Landwirtschaftsministerium und verschiedenen anderen Behörden immer mehr Anfragen eingehen, wie man der Tigerplage mit Erfolg zu Leibe rücken kann, möchten wir nicht unterlassen mitzuteilen, daß es nutzlos ist, Rattengift auszulegen, weil es sich ja hier nicht um Ratten handelt, sondern um Tiger. Irgendein offizielles Tigergift herzustellen, ist noch nicht geglückt. Sofern man genauere Auskünfte wünscht, wird gebeten, sich in den Lesesaal der Königlichen Bibliothek zu begeben, der wegen seiner geringen Benützung zum vorläufigen Sitz des Tigerkongresses umgewandelt worden ist. Alle einigermaßen vernünftig gestellten Fragen werden dort beantwortet werden, soweit sie Tiger betreffen und überhaupt beantwortet werden können.«

»Da müssen wir hin«, sagten die beiden Brüder sofort, als der Sprecher dazu übergegangen war, von den augenblicklichen Kriegen zu reden. Und Steen setzte seinen Tropenhelm wieder auf und zeigte seinem Vater, wie er den Revolver halten müsse, falls der Tiger sich wieder zeigen sollte, und Fif nahm drei Schreibblöcke mit; er wollte genug Papier haben, um alle Auskünfte als Stütze für sein Gedächtnis zu notieren. Darauf nahmen sie Abschied von den Eltern, die jetzt satt und einigermaßen beruhigt waren, verhießen bald wiederzukommen und gingen in den kalten, nebligen Abend hinaus, wo der Wind ihr Haar sträubte, so daß Steen den Tropenhelm festhalten mußte.

II

Im Saal waren so viele Menschen, daß sie nur dessen Decke und die Kronleuchter sehen konnten, die sich dort befanden. Unter den Anwesenden murmelte einer immer lauter als der andere, so daß der, der am allerlautesten murmelte, rufen mußte, um die anderen zu übertönen. Er rief sonderbare Tiernamen, Rentier, Eule und Kohlraupe, so daß Steen verwundert aber höflich die Hand an seinen Tropenhelm legte und den ersten besten fragte:
»Entschuldigen Sie, ist hier nicht der *Tiger*kongreß?«
»Doch, er sollte wohl hier sein«, antwortete der erste beste befriedigt, denn er hatte gerade dasselbe fragen wollen. Steen und Fif drängten sich durch, was nicht lautlos abging. Da nämlich der ganze Fußboden mit Zehen bedeckt war, konnten sie es nicht vermeiden, auf einige zu treten, und obschon auf zehn Zehen nur ein einziger Mensch entfiel, gab es beständig jemanden, der schimpfte. Auf diese Weise kam Steen mit mehreren Leuten in Berührung, die er kannte, und Fif wurde ab und zu von dem Gefühl ergriffen, das einen überkommt, wenn man ein bekanntes Gesicht zu sehen meint und es doch nicht kennt, und er kannte es auch wirklich nicht.

Als sie sich eine geraume Zeit durchgedrängelt hatten, standen sie plötzlich vor einer Schar ungewöhnlich großer Menschen, doch gerade als sie sich bescheiden vor diesen Riesen zurückziehen wollten, stießen ihre Füße gegen etwas Hartes; es war das Podium, auf dem die großen Menschen standen, die in Wahrheit gar nicht groß waren.
Mit vieler Mühe gelangten sie auf das Podium hinauf und wurden gleich allen anderen, die schon oben standen, Ohrenzeugen einer wissenschaftlichen Diskussion, die von gelehrten Stimmen rings um einen langen Tisch, der auf dem Podium stand, geführt wurde.
Der eine Gelehrte meinte, *felis tigris* müsse man als ein gelbes Raubtier mit schwarzen Streifen beschreiben, der andere meinte ganz im Gegenteil, man müsse es als ein schwarzes Raubtier mit gelben Bändern ansehen. Schließlich einigten sie sich dahin, daß es darauf ankomme, wie man es betrachtete, und gleich darauf wurden sie auch darüber einig, daß es als sonderbar bezeichnet werden müßte, wenn plötzlich Tiger in einem Lande auftauchten, in dem sie außerhalb des Zoologischen Gartens früher nie gesehen worden waren. Eine hohe Fistelstimme, die sich als Professor der Geographie vorstellte, neigte zu der Ansicht, es sei ungünstigen klimatischen Verhältnissen in der bisherigen Heimat der Tiger zuzuschreiben; eine tiefere Stimme, offenbar ein Psychologe, meinte, daß es vielmehr psychologische Gründe haben müsse. Er habe vor allem das Verhältnis zwischen der Sprache des Tigers und dem Brüllen des Menschen studiert, sagte er völlig zerstreut, denn er meinte natürlich das Gegenteil.
»Das Brüllen des Tigers ist die Masse seiner Triebe zu Lauten sublimiert«, fuhr er fort. »Die Sprache des Menschen dagegen ist ein Verkehrsnetz zwischen den Menschen wie das Eisenbahnnetz zwischen den Stationen. Jetzt frage ich:

Ist es immer so gewesen? Oder ist auch der Mensch ursprünglich ein brüllendes Geschöpf und hat er nun, ganz unbewußt, seine Eisenbahnen mit Tigern kompensiert? Mit anderen Worten: muß man die Tiger als Tiere von der Gattung der Katzen auffassen, oder nicht vielmehr als Halluzinationen, die durch menschliche Bedürfnisse hervorgerufen sind?«
»Nach der Entwicklungslehre«, wendete eine zoologische Stimme ein, »gibt es keine Beweise dafür, daß zwischen Tiger und Mensch ein besonders intimes Verhältnis besteht. Alle Wege zum Menschen gehen über den Affen, meinetwegen auch über den Brüllaffen, aber man kann keine Querverbindung zwischen Tiger und Mensch herstellen.«
Während der Psychologe versicherte, daß der Zoologe seine Worte nicht gänzlich mißverstanden habe, preßte sich Steen nach vorne durch und fand einen Platz am Tisch der Gelehrten. Da schrie die Stimme, die die Versammlung ununterbrochen mit lustigen Tiernamen unterhielt: *»Tiger.«*
Jeder Einzelne der Anwesenden zuckte zusammen, sogar die Wissenschaftler sprangen von ihren Plätzen auf; während aber die Leute unten vor dem Podium lange auf ihren Beinen stehenblieben, sanken die Männer der Wissenschaft sofort wieder auf die Sitzflächen der Stühle und auf ihre eigenen zurück und schnaubten: »Blödsinn!«
Unten im Saale jedoch sahen Fifs neugierige Augen ein junges Mädchen mit braunem Haar oben und roten Backen zu beiden Seiten des Kopfes aufspringen und rufen:
»Ich hab den Tiger«, worauf einige klatschten; andere, die die Kunst verstanden, auf den Fingern zu pfeifen, taten dieses.
Um zu untersuchen, wieso dieses Mädchen vor allen anderen einen Tiger haben konnte, mußte sich Fif denselben Weg zurück bahnen. Er dachte, sie habe womöglich einen

Tiger unter dem Tisch sitzen, was doch in einer so großen Versammlung sehr unvorsichtig gewesen wäre; als er aber vom Podium herunter und an einen großen runden Tisch kam, um den viele herum saßen und noch mehr herum standen, sah er, daß sie alle eine Karte mit bunten Abbildungen von vielen verschiedenen Tieren vor sich hatten. Es traf sich, daß die Karte, auf die sein Blick fiel, einer Frau in Regenmantel und Hut gehörte, aber das war nicht weiter auffällig; denn damals trugen die Damen auch im Hause Hüte.

»Ja, ich sitze hier im Regenmantel,« sagte sie und nickte ihm lächelnd zu – sie war ein wenig zu alt, um jung zu sein, dafür aber doppelt jugendlich –, »denn gerade als ich kam, war die Garderobe in die Luft gegangen. Es wirbelte von Schirmen und Herrenhüten, es war vollkommen wahnsinnig. Aber haben Sie auch beachtet, wie viele Menschen hier drin sind, tausend – das langt nicht, zweitausend noch viel weniger. Wir spielen Bilderlotto; wenn wir ein bißchen zusammenrücken – oh, Sie sind so lieb dort drüben, ein bißchen zusammenzurücken –, dann gibts vielleicht auch für Sie noch ein Plätzchen, wenn wir recht eng sitzen, vielleicht! Sie machen sich keine Vorstellung davon, wie wahnsinnig hübsch es ist! Als kleines Mädchen war es mein größtes Vergnügen, Bilderlotto zu spielen; aber im Laufe der Jahre wird der Ernst des Lebens je länger, je ernster, kurz: man hat nicht mehr Zeit, Bilderlotto zu spielen. Aber es ist wahnsinnig spannend – dazusitzen und darauf zu warten, daß etwas auftaucht, was man auf einer leeren Karte hat, und dann plötzlich, wenn man es am wenigsten erwartet – dann taucht es ganz unerwartet auf – ja, da hören Sie, ich hab den Storch; Storch, Storch Steiner, mit die langen Beiner, mit den roten Strümpfen –«

Ein Bündel von Händen brachte den Storch zu ihrer leeren Karte.

»Aber warum spielen Sie hier eigentlich Bilderlotto?« fragte Fif erstaunt.
»Jetzt wo Sie es selbst sagen, *muß* ich es wirklich zugeben – ich hatte es auch nicht erwartet, daher war es eine Überraschung. Können Sie sich etwas so Wahnsinniges vorstellen – da sitzt in meiner Küche ein Königstiger! Nie hätte ich gedacht, daß ich das einmal erleben würde! Verstehen Sie sich auf Tiger? Sind sie stubenrein? Beißen sie? Ich bin, ehrlich gestanden, hergekommen, um in Sicherheit zu sein, und die prächtigen Behörden haben das Bilderlotto eingerichtet, um uns arme obdachlose Menschen zu unterhalten.«
Sie trocknete die Augen, während der Ausrufer: »Hornfisch« rief, und eine Stimme begeistert antwortete: »Ich habe den Hornfisch!«
»Das heißt ja die Zeit vergeuden«, sagte Fif unruhig. »Auf diese Weise rücken wir doch den Tigern nicht zu Leibe. Wenn wir für die Tiger kein Futter beschaffen, dann bleiben sie nicht in den Küchen sitzen, dann kommen sie vielleicht heraus und fressen uns.«
»Nein aber, wissen Sie,« sagte die Dame im Mantel empört, »das wäre ja noch schöner, wenn die Tiger auch noch verlangten, versorgt zu werden. Wenn sie gratis Unterkunft bekommen, ist das doch wohl genug! Dieses Tigerpack!«
Ärgerlich wendete sich Fif den Nächstsitzenden zu, um zu sehen, ob sie seine Worte nicht vernünftiger aufnahmen, aber unmittelbar neben ihm saß ein Bursche in blauem Pullover, dem so viel Schlaf in den Wimpern kleben geblieben war, daß er kaum aus den Augen gucken konnte. Fif schickte sich an, ihm den Schlaf aus den Wimpern zu zupfen, doch da schloß der Bursche die Augen. Vielleicht war es eine Reflexbewegung, vielleicht aber tat er es auch, um Fif nicht ansehen zu müssen, und dadurch wurde es schwieriger, die Wimpern zu fassen zu kriegen. In diesem Augenblick stand

das junge Mädchen, das beim Bilderlotto den Tiger gehabt hatte, vor ihm; in ihrem runden Bauernmädchengesicht stieg eine gefühlvolle Röte auf, ihre Augen waren blau und blank.

»Glauben Sie wirklich, daß die Tiger uns fressen, wenn wir ihnen kein Futter geben?«

»Tja«, entgegnete Fif unbestimmt; denn er war sich dessen doch nicht ganz sicher.

»Dann muß ich nach Hause und kochen«, sagte das Mädchen und ging, soweit sich das in dem großen Gedränge machen ließ. Das erweckte allgemeine Aufmerksamkeit an dem runden Tisch, denn sie hatte ja den Tiger, dessen Bild das größte und also das wertvollste auf einer Karte war; auch Fif erschrak so, daß er die Wimpern des Burschen fahren ließ und ihr folgte. Vielleicht hatte der Tiger zu Hause die Eltern bereits mehr oder weniger verschlungen. Aber als er dann mit dem jungen Mädchen zugleich in den stürmischen, nebeligen Abend hinaustrat, konnte er es, entsprechend der gültigen Konvention zwischen Mann und Frau, nicht unterlassen, sie heimzubegleiten; das tat er denn auch mit einer seltsamen Unruhe wegen des Tigers daheim. Hin und wieder sah er das Mädchen an, sie schien ihm recht hübsch zu sein, doch war irgend etwas an ihrem Körper, das so viel Raum beanspruchte, daß für die Schönheit zu wenig Platz blieb, obwohl sie vorhanden war, irgend etwas, das ihre Augen zu groß, ihren Mund zu breit, ihre Backen zu rot machte.

»Ich heiße Grete«, sagte sie in einem singenden Dialekt.

»Ach so«, sagte Fif.

»Und wie heißen Sie?«

»Ich heiße vorwärts und rückwärts gleich.«

»Ach so«, sagte Grete.

Während dieser Unterhaltung waren sie bis an ihre Haus-

tür gelangt, sie blieb stehen und dankte ihm herzlich für seinen guten Rat, dem Tiger Futter zu geben. Und dann sagte sie aus irgendeinem Grunde:
»Übrigens bin ich ein anständiges Mädchen.«
»Das respektiere ich«, sagte Fif. Als er heimkam, war die Mutter sehr beunruhigt, weil Steen nicht mit war, und da der Tiger die Milch getrunken hatte, ohne die Zähne zu fletschen, wagte er es, das Haus wieder zu verlassen, um Steen vom Tigerkongreß abzuholen, obgleich das Wetter so dunkel und stürmisch war, daß es kein Vergnügen machte, draußen zu sein.
»Gimpel«, rief die Stimme, als er den Saal wieder betrat, der allmählich ebenso dicht von Tabaksrauch wie von Menschen erfüllt war: denn das Rauchen war nicht verboten. Obwohl es inzwischen später geworden war, befanden sich noch ebenso viele Menschen dort; gleichwohl gelangte er noch fast rechtzeitig nach vorn, um zu hören, wie sich sein Bruder an dem eckigen Tisch der Gelehrten gewichtig äußerte:
»An eine Änderung des Klimas glaube ich nicht; denn wenn sich das Klima geändert hätte, so müßte sich auch das Wetter geändert haben, und davon war in den Radioberichten nicht die Rede, vielmehr müssen die veränderten Verkehrsverhältnisse als Grund für das Auftreten des Tigers in unserem Lande betrachtet werden. Bekanntlich geht der Nahverkehr mit den entfernteren Weltteilen jetzt so rasch vonstatten, daß keine Zeit mehr bleibt, Fahrscheine auszustellen oder an den Landungsbrücken eine Kontrolle durchzuführen. Folglich können die Tiger auf jedem beliebigen Schiff ungehindert an Bord gehen, und zu Schiff müssen die Tiger hierher gelangt sein, da sie nicht über die großen Meere schwimmen können, ohne unterwegs zu ertrinken. Wir haben also nichts anderes zu tun, als neue Häfen aus Ma-

terialien zu konstruieren, durch die die Tiger an ihrem Betreten gehindert werden. Es ist leichter, die Tiger fernzuhalten als sie auszurotten, wenn sie erst einmal aufgetaucht sind – Vorbeugen ist besser als Heilen«, schloß er mit einer alten Weisheit.

Diese Rede wurde mit großem Interesse angehört, und als Fif endlich so weit vorgedrungen war, daß er Steen am Ärmel zupfen konnte, war die Sache so weit gediehen, daß Steen, wenn auch noch an derselben Stelle, so doch schon am Rande des Aufbruchs stand.

»Grüße bitte schön zu Hause«, sagte er. »Ich muß sofort abreisen, um eine geologische Untersuchung der Häfen in der Heimat des Tigers vorzunehmen.«

Darauf nahmen die beiden voneinander Abschied, und Fif kehrte mit diesem Bescheid zu den Eltern heim. Die Mutter weinte ein bißchen, sagte jedoch nach einer Weile:

»Jetzt hat er doch etwas, wofür er reisen kann.«

Zum ersten Mal seit dem letzten Mal legte sich Fif im Heim seiner Kindheit zu Bett. Ihm war unruhig zumute. Der Sturm heulte, und später in der Nacht begann der Tiger zu brüllen, und von diesem Augenblick an bis in den hellen Morgen hinein bemühten sich Sturm und Tiger abwechselnd, einander zu übertönen. Als er schließlich am Morgen aufwachte, hatte er gar nicht geschlafen.

III

Als Steen eines Tages einen Hafen konstruiert hatte, der es Tigern unmöglich machte, an Bord eines Schiffes zu gehen, entstand in dem von Tigern geplagten Land so große Freude, daß die Bewohner beinahe vergaßen, daß sie ihre Tiger damit gar nicht losgeworden waren. Und doch bildeten diese eine immer größere Gefahr für sämtliche Menschenleben;

denn es zeigte sich, wie recht Fif mit seiner Vermutung gehabt hatte, daß sie sich nur so lange zurückhalten würden, wie das Eingemachte in den Vorratskammern ausreichte, wo sie sich mit Vorliebe verborgen gehalten hatten. Als das Futter alle war, streckten sie zuerst ihre Schnauze, dann den ganzen Leib in die Eßzimmer und verspeisten dort die Jüngsten der Familie. Da Kugeln und Pulver, die doch beim Menschen so wirksam sind, an den gefährlichen Tieren stets abprallten, ergriff Panik die Menschen, deren Nerven ohnehin zerrüttet waren, weil alle zugunsten der Tiger gehungert hatten und zufolgedessen abgemagert waren.

An einem Spätsommertag, als die Zugvögel fortflogen und der Himmel kohlschwarz von so viel Leben war, ging Fif in den Zoo, um zu sehen, wie man dort die Tiger rationell fütterte. Obwohl er nicht wußte, ob das dort im Käfig derselbe Tiger war wie zu seiner Kinderzeit, nickte er ihm sofort wie einem alten Bekannten zu, aber der Tiger erwiderte sein Nicken nicht. Ebensowenig waren seine Augen blasiert und kalt, sie waren schwarz, doch voll gelber Flammen, und in einem einzigen Satz sprang er mit allen seinen vier geschmeidigen Beinen dem sehr viel kleineren Weibchen auf den Rücken, das unter der schweren Last aufbrüllte und im Käfig rundum lief, um ihn abzuschütteln.

Da ja allmählich alle einen Zoologischen Garten zu Hause in der Küche hatten, war der Garten nur spärlich besucht, und vor dem Tigerkäfig standen außer Fif nur ein paar kleine Kinder, die über das Weibchen sagten: »So 'nen süßen kleinen Tiger hat Mutti auch zu Hause.«

Und als das Männchen allzu aufdringlich wurde, schrien sie wie das Weibchen und riefen: »Weg mit dir, du ekelhaftes großes Vieh!«

»Tiger sind gar keine richtigen Menschen,« sagte ein nachdenkliches Bürschchen, »wenn sie ihre Frauen prügeln.«

»Pah, das macht mein Vater mit meiner Mutter auch«, prahlte ein anderer Junge, der seine Eltern für richtige Tiger hielt.
Während die Zuschauer vor den Gitterstäben der Tiger wechselten, blieb Fif stehen und folgte sonderbar erregt ihren Spielen. Als er sich umwendete, um sich zu vergewissern, daß niemand sein Interesse für Tiger auffällig fand, entdeckte er, daß er von einem Mann beobachtet wurde, den er unverzüglich als den Direktor des Zoologischen Gartens erkannte; denn man merkte an seinem Anzug, daß er sich hier zu Hause fühlte. Er trug ein offenes, lustig kariertes Hemd und graue Sporthosen, aus denen die nackten Waden herausragten. Beide Arme, die fest in den Hosentaschen saßen, und das Gesicht waren übersät von großen rötlichen Sommersprossen, im übrigen war sein Kopf rund, mit weißgrauem Haar, einer großen weichen Nase voll beweglicher Borsten und einem breiten, schiefen Mund. Wie er da auf Fif zukam, der es jetzt vorzog, den Tigern den Rücken zu kehren, machte er überhaupt den Eindruck von etwas Verschwommenem, doch als er dicht vor ihm stand, waren die Augen im Kontrast zu dem ganzen übrigen Körper inmitten des Weißen kohlschwarz und durchbohrend wie Speere an ihrem spitzen Ende. Vielleicht wollte er Fif nicht erschrecken und vermied es darum, ihn anzusehen, er blickte merkwürdig forschend rechts und links an ihm vorbei.
»Haben Sie eine Eintrittskarte?« fragte er in einem halb höflichen, halb gekränktenTon. Fif suchte das gelochte Billett heraus, der Direktor nahm es, rümpfte die Nase, zerknüllte es und warf es weit fort.
»Das Billett war gültig«, sagte er mit einem Lächeln, das zumindest zweideutig war. »Sie haben keine Jahreskarte?«
Fif wollte scharf antworten, aber wie so oft, wenn er scharf

antworten wollte, versagte seine Stimme und er entgegnete fast stotternd: »Ein einzelnes Billett sollte doch wohl für einen einzelnen Besuch genügen.«
»Aber genügt ein einzelner Besuch – für Sie?« fragte der Direktor und zwinkerte mit den Augen, und als Fif verwundert den Mund öffnete, ohne doch zu antworten, blieb auch der Direktor mit einem Grinsen um den halboffenen Mund und mit halb zugekniffenen Augen stehen, was beides zusammen ihm einen pfiffigen Ausdruck verlieh.
»Anhängliche junge Leute sollten oft in den Zoo gehen!« Dieser Hinweis wurde so herablassend erteilt, daß Fif das Bedürfnis gefühlt hätte, den Direktor zu verdreschen, wenn er ein Raufbold gewesen wäre.
»Man kann wohl anhänglich sein, ohne in den Zoo zu gehen.«
»Sie nicht«, erwiderte der Direktor allwissend und schüttelte lächelnd den Kopf. »Sie sind zu intellektuell blasiert. Werden Sie kühn, mein Freund! Haben Sie von den Tigern gehört, die das Leben für die Menschen so bunt machen?«
»*Sie* zweifellos«, antwortete Fif rasch. »Wer mag jetzt noch in den Zoo gehen?«
»*Sie* zum Beispiel«, entgegnete der Direktor.
»Es ist das erste Mal – seit ich ein Kind war«, stotterte Fif mit rotem Kopf, und der Direktor nickte lange und vergnügt:
»Ja, ich weiß. Sie haben sich nicht sonderlich verändert, seit Sie ein Kind waren. Da standen Sie auch stundenlang vor dem Tigerkäfig – waren Sie nicht ein bißchen verliebt in den Tiger da?«
»Ich bin hierhergekommen, um zu sehen, wie Tiger rationell gefüttert werden«, sagte Fif, nachdem seine Lippen sich lange lautlos bewegt hatten. »Deshalb habe ich so lange vor dem Tigerkäfig gestanden. Und jetzt gehe ich.«

»Ich komme mit. Mit Ihren schlaffen Knien können Sie nicht so schnell gehen, daß wir diese Unterhaltung nicht noch zu einem glücklichen Abschluß bringen könnten. Glauben Sie wirklich, daß man auf die Dauer für alle Tiger genügend Futter beschaffen kann? Sie haben schon mehr als einen Menschen mit Haut und Haar gefressen, das darf nur nicht in die Zeitung kommen. Ein Krieg zwischen Tigern und Menschen kann nur von den Tigern gewonnen werden, zumal sich die Tiger den Teufel um das Pulver scheren, das die Menschen erfunden haben. Die Menschen können ebensogut *sofort* Friedensverhandlungen einleiten.«

»Sie haben die Sache nicht durchgedacht«, sagte Fif, um zu protestieren. »Wir können nicht mit Tigern verhandeln, die unsere Sprache nicht verstehen.«

»›Unsere Sprache nicht verstehen‹ – wie das schon klingt! Glauben Sie, der Sinn des Lebens könnte in unserer oberflächlichen Sprache ausgesprochen werden, oder glauben Sie nicht, das Blut, das auch in den Tigern pulst, hätte eine tiefere Stimme als Ihre schmächtigen Stimmbänder?«

»Wenn wir keine Sprache hätten, nützte uns die Gabe der Rede nichts«, sagte Fif verwirrt, doch in der Absicht, das geistig Erschaffene über das biologisch Erzeugte emporzuheben.

»Oh, eine feine Antwort! Sie haben gewiß alle Ihre Examina mit Auszeichnung bestanden? Gehen Sie nach Hause und sagen Sie in Ihrer wohllautenden Sprache zu dem Tiger Ihrer Mutter in der Speisekammer: Mein lieber Tiger, wollen wir nicht Freunde sein? Dann wird der Tiger zweifellos antworten, vielleicht ein bißchen gebrochen: Ja, laß uns Freunde sein von der Wiege bis zum Grabe! Was glauben Sie, warum ist diese schreckliche Tigerplage über uns gekommen?«

»Die Verkehrsverhältnisse ...«

»Jawohl, die Verkehrsverhältnisse,« sagte der Direktor wie ein boshaftes Echo, »natürlich – Ihr braver Bruder ist der rechte Mann, mit dieser Sache fertigzuwerden. Können Sie mir dann erklären, weshalb wir immer noch mit den Tigern geplagt werden, jetzt, wo die Verkehrsverhältnisse so ausgezeichnet sind? Hätten nicht alle Tiger weggeblasen sein müssen in demselben Augenblick, wo der neue Hafen mit Pauken und Trompeten eingeweiht worden ist? Ach, Freundchen, Sie glauben ja selber nicht, was Sie da sagen.«

»Warum sprechen Sie zu mir wie zu einem Kind?« fragte Fif mit Tränen der Wut in den Augen.

»Eben, weil Sie ein Kind *sind*. Menschen, die wie Sie in ihrer Kindheit irgendwie primitiv leben und in der Jugend umschlagen und blasiert werden, die werden nie erwachsen – bevor sie sich nicht durch eine kühne Tat wieder primitiv machen. Aber weinen Sie nicht darum, Sie und Ihre Zeitgenossen können einander die Hand reichen. Früher pflegte man Menschen zu erschießen, wenn die primitiven Kräfte zu lebendig wurden. Um aber die Menschheit auf diese Weise zu heilen, müßten wir alle Menschen erschießen, und das können wir nicht. Jetzt ist es leichter, dem Feind von Angesicht zu Angesicht in unserem eigenen Hause zu begegnen – und ihn zum Freunde zu machen. Wer diesen Weg weist, kann eine gute Stellung als Erlöser kriegen. Wollen Sie das sein?«

»Ich?« brach Fif aus und sah unwillkürlich an seinem abgemagerten Körper herunter.

»Ich habe Sie dazu ausersehen, seitdem ich sah, wie Sie als Kind dem Tiger verliebte Blicke zuwarfen. Das weckte in mir starke Hoffnungen für Ihre Zukunft! Nicht jeder läßt sich gleich auf einen schnellen kleinen Flirt mit einem Tiger ein.«

»Sagen Sie mir,« schrie Fif – und doch kam nur ein schwaches Flüstern über seine Lippen –, »wozu wollen Sie mich denn eigentlich haben?«

»Fragen Sie nicht so dumm, Ihr ganzer Körper verrät ja, daß Sie verstehen, was ich meine.«

»Das – das ist doch – ein Verbrechen –«

»Na, na, nur nicht so tugendhaft, sogar ich habe in meiner Jugend Moses studiert, ohne verdorben zu werden. Nur Verbrecher taugen dazu, die Welt zu erlösen, das weiß doch jedes Kind. Willst du einen Menschen bis auf den Grund kennen lernen, so mußt du mit ihm ins Bett gehen. Das gleiche gilt natürlich für Tiger. Nur, wer die Sprache des Tigerblutes gelernt hat, kann mit Tigern verhandeln; Sie sind zu blasiert, um die Menschen zu kennen, Sie fürchten sich vor jungen Mädchen mehr als vor Tigern. Warum sind Sie nicht mit Grete die Treppe hinaufgegangen; sie war doch ein anständiges Mädchen und wollte es so gern.«

»Halten Sie Ihren Mund«, japste Fif ohne Erfolg.

»Weil Sie zu etwas Größerem bestimmt waren. Das sage ich nicht, um Ihnen zu schmeicheln. Jeder kann mit einem Mädchen ins Bett gehen, schwieriger ist es, mit einem Tiger ins Bett zu gehen. Und auch gefährlicher. Aber Sie verstehen die Weltlage so gut wie ich. Sie sind bedeutend klüger als Sie aussehen. Hier muß sich einer für alle opfern.«

Als der Direktor ›opfern‹ sagte, schrie Fif vor Entsetzen auf, die Haare sträubten sich an seinem ganzen Leibe und bohrten sich wie Lanzen in die Haut.

»Jaja,« sagte der Direktor und klopfte ihm aufmunternd auf die Schulter; »es klingt so drastisch, aber Ihre Zukunft sieht keineswegs schwarz aus, sie ist, im Gegenteil, golden, vielleicht hie und da mit einem schwarzen Streifen. Sie opfern sich für die Menschheit, die Menschheit nimmt Ihr Opfer an – ohne zu erfahren, *wie* Sie ihr opfern; das ver-

spreche ich Ihnen, diese Geschichte wird nie durch die Gitterstäbe dieses Käfigs herauskommen. Haben Sie wohl bemerkt, daß wir beiden hier immer noch stehen, obwohl Sie schon seit langem gehen wollten? In der Sprache, die Ihnen im Blute liegt, haben Sie zu meinem vorteilhaften Angebot längst ja gesagt, jetzt ist es nur noch eine blasse Formalität, es mit Worten auszusprechen. Hören Sie zu: Sie erlernen die Tigersprache, Sie gehen von Haus zu Haus und befehlen den Tigern, Ihnen zu folgen. Wie ein neuer Rattenfänger von Hameln führen Sie die Tiger aus der Stadt hinaus, an Ihrem Wege stehen alle Menschen, schwenken Fahnen und rufen für Sie Hurra! So ziehen Sie im Triumph in eine goldene Zukunft ein, durch Ihre – hm, Erlebnisse mit Tigern haben Sie Stoff für eine Schriftstellerei, wie sie die Welt noch nicht gesehen hat; denn welcher Dichter hat je die Sprache der Tiger verstanden – die auch die der Menschen ist? Den Menschen erzählen Sie nur das, was Sie selber wollen, es ist Ihr gutes Recht, das meiste für sich zu behalten. Sind das nicht günstige Bedingungen?«
Fif schlotterte am ganzen Leibe, so daß der Boden unter ihm erzitterte, er vermochte nicht zu antworten, der Direktor aber streckte ihm seine sommersprossige Hand hin:
»Mit dieser Hand reiche ich Ihnen die Welt. Ich fordere nur *eines* als Entgelt, es ist ein sehr billiges Verlangen, ja eher ein Sonderangebot – denn wo sollten Sie mit den Tigern hin, wenn Sie sie nicht zu mir herausführten? Wir sperren sie in feste Käfige ein, auf diese Weise sind die verängstigten Menschen auf ewig vor Gefahren aus dieser Ecke sicher. Sie werden zugeben, daß ich alles aufs beste durchdacht habe. Wir setzen keinen Vertrag auf, ein Handschlag genügt unter Männern mit Händen. Na, geben Sie schon die Pfote!«
Zum ersten Mal während des ganzen Gesprächs richtete der Direktor seine schwarzen Augen auf Fif. Sie gingen ihm

durch Mark und Bein, und während ihm schwarz vor Augen wurde, fühlte er, am ganzen Körper von Schauder gelähmt, wie sich seine rechte Hand langsam hob – und *plötzlich* von der großen sommersprossigen Hand des Direktors gedrückt wurde.

IV

Eines schönen Tages wanderte Fif von Haus zu Haus, besuchte mit Vorliebe Keller und Speisekammern und forderte die Tiger, die dort untergebracht waren, auf, ihm zu folgen. Wenn er in einem Hause war, saßen draußen die großen Katzen auf ihrem Schweif und boten, während sie auf ihn warteten, einen seltsamen Anblick; denn zusammen nahmen sie sich wie ein großer Goldklumpen aus, der mit schwarzen Bändern zusammengebunden war, aber wenn Fif mit einem neuen Tiger herauskam, dann bekam der Goldklumpen Beine, und die Bänder lösten sich auf, und dann ging ein elektrischer Strom von Begeisterung durch alle, die es sahen, im Anfang nur ganz wenige, dann viele, zuletzt immer mehr – und als Fif alle die Tiger in einem einzigen langen Zuge in den Zoo führte, war die Reihe der jubelnden Menschen noch länger und viel breiter. Fif ritt an der Spitze auf dem Rücken des größten Tigers, und unten zwischen den Beinen des Tigers liefen kleine Kinder und riefen:
»Mann, kannst du mit den Tigern richtig reden?«
Unter den jubelnden Menschen standen natürlich auch Fifs Eltern, die auch die Eltern des berühmten Hafeningenieurs waren. Die Mutter benutzte einen Augenblick, wo sie vor Bewegung nicht allzu heftig weinte, dazu, um zu dem Vater, der ihr Mann war, zu sagen: »Ich habe ja immer gesagt, aus Fif wird noch mal etwas.«
Der Vater nickte, und kurz darauf starben sie beide.
Fif machte nicht den Versuch, die versammelte Menschen-

menge zu zählen. Er senkte den Kopf, und dennoch merkten alle, daß er von all den Huldigungen, die ihm mit Recht zuteil wurden, sehr gerührt war. Am Eingang des Zoo stand der Direktor des Gartens persönlich mit einer Brust, die von Orden strotzte, er hielt eine Ansprache, in der er einesteils die Tiger herzlich willkommen hieß, andernteils Fif als den größten Tigererlöser der Welt pries. Man erwartete, daß Fif antworten werde, das wollte er aber nicht; er befand sich in einer sonderbar wehmütigen Verfassung, denn seine Wehmut war so übermächtig, daß sie ihn fast zu sprengen drohte, was Wehmut sonst selten kann.
Als die Tiger richtig abgeliefert waren und in ihren Käfigen saßen, atmete das ganze Land erleichtert auf. Durch alle Schichten der Bevölkerung verbreitete sich eine alberne Ausgelassenheit, die Höchsten und die Niedrigsten drückten einander aus lauter Übermut offiziell die Hand. Als Fif vom Zoologischen Garten nach Hause ging, fand sich niemand mehr, der Hurra rief, seine Beine sahen ja nicht so festlich aus wie Tigerbeine, aber alle zeigten auf ihn und dämpften ihre Lustigkeit; denn die Bewunderung, die man für einen Menschen hegt, der mit Tigern umgeht, muß mit Schauder gemischt sein, wenn sie nicht verfliegen soll.
In der nächsten Zeit erfuhr er täglich große Gunsterweisungen. Da es keinen Tigerorden gab, bekam er den Elefantenorden, doch war sein Adelsschild gelb mit schwarzen Streifen und zugleich schwarz mit gelben Streifen. Durch einen allgemeinen Beschluß wurde er Ehrendoktor aller Universitäten zugleich, so daß er von jetzt an Dr. Fif hieß, und dann wußten alle, wer er war. Seine erste Schrift *Ich war auf Du mit den Tigern* wurde den Buchhändlern aus den Händen gerissen, und so erging es auch seinem nächsten Werk *Unter Tigern.* Noch nie waren ja bisher Bücher geschrieben worden, auf deren Blättern Menschen und Tiger

auf gleichem Fuß miteinander verkehrten, und alle waren neugierig, zu erfahren, wie das zuging. Und Dr. Fif saß, wenn auch nicht in seinem Elternhause, das man begonnen hatte, in ein Museum umzuwandeln, so doch in einem Hause seiner Geburtsstadt und schrieb, über Tiger und Menschen – aber wieviel er auch schrieb, da war immer etwas, über das er nicht schreiben konnte, und dieses *Etwas* war das Wichtigste; alle die Blätter aber, die er vollschrieb, waren Makulatur. Wie Künstler gezwungen werden, ehrlich zu sein, denn sie können an einem Mangel an Ehrlichkeit genau so gut ersticken wie andere Menschen an einem Mangel an Luft, so wurde er immer mehr zu der Wahrheit hin gezwungen, die in seiner Seele hinter Gittern saß – aber gerade, als er ihr ganz nahekam, wurden seine Leser durch seine Art zu schreiben gereizt und warfen ihm vor, daß er nicht befriedigend erklärt hätte, *wie* es für einen Menschen möglich war, mit einem Tiger auf vertrauten Fuß zu kommen. Weiter warfen sie ihm vor, er habe ihre Häuser, ohne zu läuten, betreten, um nach dem Tiger zu suchen, ja, zu guter Letzt klagten sie ihn an, er habe die Tiger ohne ihre Erlaubnis fortgelockt. Alle waren darin einig, daß sie zu ihrem Tiger in herzlichstem Verhältnis gestanden hätten, ja, es war geradezu die glücklichste Zeit ihres Lebens gewesen, als sie einen Tiger zu Hause hatten, so beruhigend, so spannend. Die Tigersehnsucht breitete sich aus wie eine Seuche, große Scharen von Pilgern zogen zum Zoologischen Garten und standen vor den zahlreichen Tigerkäfigen Schlange, um womöglich ihren eigenen Tiger wiederzuerkennen und einen liebevollen Gruß mit ihm zu wechseln. Der Direktor des Zoologischen Gartens rieb sich die sommersprossigen Hände: in einer einzigen Woche verdiente er plötzlich soviel wie in seinem ganzen bisherigen, ziemlich langen Leben.

Vor den Käfigen spielten sich Szenen ab – eine immer ergreifender als die andere. Begeisterung, einen geliebten und vermißten Tiger wiederzufinden, wechselte ab mit der Verzweiflung darüber, durch die unbeugsamen senkrechten Gitterstäbe auf ewig von ihm getrennt zu sein. Kinder weinten und wollten Tiger mit heimnehmen, Frauen erinnerten einander an die schöne Zeit, da ihre Küchen von einem goldenen Königstiger bewacht worden waren, ja, manche behaupteten gar, ihr Tiger habe Tag für Tag das Essen für die ganze Familie gekocht. Die Männer ballten die Fäuste, wenn sie Dr. Fifs Namen nannten, vor allem die jungen, die damals, als die Tiger frei herumliefen, in der Wiege gelegen hatten; die gefährlichen Raubtiere waren in ihren Herzen zu geheimnisvollen Kindheitserinnerungen geworden.
Obwohl jetzt für Tiger kein Futter mehr beschafft zu werden brauchte, war Dr. Fif, dessen Augen früher weltenfern tief im Kopfe gelegen hatten, jetzt so mager, daß seine Augen krankhaft heraustraten. Draußen vor allen seinen Fenstern standen wütende Scharen und hoben Plakate empor, auf denen sie ihre Tiger zurückforderten. Lange hatte er nicht mehr gewagt, sein Haus zu verlassen, da stieg auch in ihm eine Sehnsucht auf, die Tiger wiederzusehen; er öffnete ein Fenster und rief hinaus:
»Ruhe, Freunde, ich werde euch die Tiger wiederschaffen!«
Die Volksmenge tobte noch wilder, als sie den Tigerverführer im Fenster sah; doch als sie alle langsam merkten, daß er sprach, verstummten sie und hörten sein Versprechen argwöhnisch an. Denn sonderbarerweise freuten sie sich keineswegs darüber, sie ärgerten sich eher ein wenig; wenn er es nämlich einlöste, hatten sie ja keinen Grund mehr, gegen ihn zu toben, und damit waren sie gerade so gut im Gange.
Als aber der Lärm schwieg und es so still wurde, daß es in

Dr. Fifs eigenen Ohren wie in Muscheln rauschte, merkte er, wie unmöglich es war, zu erfüllen, was er versprochen hatte. Der Direktor des Zoo würde die Tiger nicht herausgeben, die ihn zum reichsten Mann im Lande gemacht hatten; denn es war so weit gekommen, daß viele ihre Arbeit versäumten, um die Tiger anzugucken. Fif hatte nicht der Menschheit gedient, sondern dem Direktor – und doch hatte er die Menschen von einer großen Gefahr befreit, hatten doch die Tiger damals den besten Willen gezeigt, einen Menschen nach dem anderen aufzufressen, solange der Vorrat reichte.

Da es also nicht leicht zu entscheiden war, ob der Direktor aus guten oder bösen Beweggründen gehandelt hatte, zog Fif bei Anbruch der Dunkelheit seinen Mantel an, um zum Zoologischen Garten hinauszuspazieren und ihn zu fragen. Aber just, als er an seinem Elternhaus vorbeikam, sah er, daß die Rosen verwildert waren und den Lavendel überwuchert hatten; das verwunderte ihn, und er blieb dort so lange stehen, daß die Vorübergehenden reichlich Zeit hatten, ihn wiederzuerkennen. Als das aber erst einmal geschehen war, flammte ihre Wut gegen ihn wieder auf, weil er ihnen die Tiger entlockt hatte, oder vielleicht auch, weil er versprochen hatte, sie ihnen wiederzuschaffen. Und noch ehe Fif Zeit fand, sich umzusehen, hatten sich so viele Leute angesammelt, daß sie nicht mehr zu übersehen waren. Obschon er einen weiten Heimweg hatte, mußte er jetzt um sein Leben laufen, und als die ersten Verfolger seinen Mantel gerade mit den Fingerspitzen berühren konnten, mußte er in eine Haustür flüchten, die nicht seine eigene war, und noch weiter die Treppen hinauf. Als die Verfolger ihm auch noch auf die Hacken zu treten begannen, rannte er in eine offenstehende Flurtür und warf sie hinter sich zu.

Als nun eine Zimmertüre sich langsam öffnete, dachte er

verzweifelt und vergeblich nach, wie er sich entschuldigen sollte, daß er einfach hereingekommen war, ohne aufgefordert zu sein; doch als er sah, daß es nur ein Riesentiger war, der seinen Kopf herausstreckte und ihm zunickte, da flammte eine goldene Freude in ihm auf, und er drückte herzlich die Pranke des Tigers. Zusammen mit dem Tier ging er ins Zimmer hinein, wo eine ganze Familie versammelt war; die Kinder spielten ›Garten‹ auf dem Teppich und begossen ihn mit einer Gießkanne; der Vater las in Dr. Fifs Werken, die Mutter saß über eine Nähmaschine gebeugt und nähte. Gleichwohl hob sie den Kopf und grüßte mit einem Lächeln, das zu groß war, um sich auf den Kopf zu beschränken; von Augen und Mund breitete es sich erwärmend im ganzen Zimmer aus. Es war natürlich Grete.
»Ich hatte Sie erwartet«, sagte sie und stand auf, um Kaffee zu kochen.
Dr. Fif lächelte und sah dadurch ein wenig verlegen aus; denn daran war er nicht gewöhnt. Staunend betrachtete er Grete, die immer noch ihre eigenen Augen, ihren Mund und ihre roten Wangen so trug, daß kein Zweifel bestand: sie war es.
»Entschuldigen Sie,« sagte er leise, »ich dachte, ich hätte Sie ermordet.«
»Hört nur, wie sie an die Türe trommeln«, unterbrach ihn der Ehemann und sagte mit erhobenem Zeigefinger zu dem Tiger: »Wie spricht der Tiger?«
Augenblicklich brüllte der Tiger so, daß alle den Mund aufmachen mußten, damit ihre Trommelfelle nicht platzten, und danach wurde an diesem Tage nicht mehr an die Türe getrommelt.
»Besten Dank, daß Sie meine Frau den Tiger behalten ließen«, sagte der Ehemann und stellte sich dem Dr. Fif als solcher vor.

»Ich habe es weder aus Güte noch aus Bosheit getan«, entgegnete Dr. Fif. »Nur war ich damals zu schüchtern.«
Über diese Antwort lachten sie, und Dr. Fif mußte mit ihnen Kaffee trinken, und die Kinder, die so viel von ihm gehört hatten, waren gerade so viele, daß auf jedem seiner Knie eines Platz fand. Der Tiger lag auf dem Teppich und schnurrte zu seinem Vergnügen.
»Und Sie haben den Tiger in allen diesen Jahren als Haustier gehalten«, fragte er verwundert. Aber Grete blickte mit einem Auge zu dem Tiger hin, mit dem anderen auf Dr. Fif und sagte in ihrer singenden Art:
»Das war keine Kunst. Sie haben mich ja an jenem Abend gelehrt, wie – noch ehe Sie berühmt wurden.«
»Wie hätte ich erst über Tiger schreiben können, wenn ich dies hier erlebt hätte,« sagte Dr. Fif wehmütig, während er jedem der Kinder einen Nasenstüber gab, »über Tiger- und auch über Menschen!«
»Grete,« sagte der Mann prompt, »richte doch das Gastzimmer für Dr. Fif her!«
Dr. Fif wehrte ab, wie es sich geziemt, willigte jedoch ein, als der Mann vorschlug, er könne ihm als Entgelt bei ein paar dunklen Stellen in Dr. Fifs Werken behilflich sein. Die Kinder klatschten in die Hände, und der Tiger legte den Kopf in Fifs Schoß und blinzelte mit dem einen Auge.

In seinem Gastzimmer begann Dr. Fif mit einer neuen Schriftstellerei, die vom ersten Wort an die Menschen fesselte; denn Menschen wollen viel lieber etwas über Tiger in der Freiheit lesen als die eingesperrten in Zoologischen Gärten betrachten. Niemand dachte mehr daran, Dr. Fif totzuschlagen, und als er von selber starb, bekam er ein schönes christliches Begräbnis, an dem alle teilnahmen. Im ganzen Lande wurde er als der große Tigerbefreier gepriesen.

Der Zoologische Garten aber wurde so spärlich besucht, daß der Direktor das Futter für die vielen eingesperrten Tiger nicht mehr bezahlen konnte, die niemand mehr besehen mochte. Deshalb setzte er sie in derselben Stadt wieder in Freiheit.

Der Heimweg

Damals gab es Schranken, wo jetzt eine Unterführung ist. Es waren zwei weiß-rote Stangen, die für gewöhnlich zu Ehren des Verkehrs stramm standen, wenn jedoch ein Zug kam, senkten sie sich unter Glockenklang und legten sich mit einem klirrenden Laut über die Straße. Dann staute sich der Verkehr auf beiden Seiten der Anhöhe; denn die Eisenbahnlinie verlief oben auf dem Hügel. Damals gab es noch mehr Pferdefuhrwerke als Automobile. Viele Kutscher benutzten die Wartezeit, um in die Schmiede am Fuße des Hügels einzubiegen; wenn nämlich einer der langen Güterzüge vorbeifuhr, war die Wartezeit ebensolang wie der Zug. Hörten die Schuljungen Hammerschläge in der Schmiede, dann wußten sie, daß es der Schmied war, der da hämmerte, und kletterten auf seinen Nußbaum und füllten sich die Taschen mit Nüssen. Wenn aber der Schmied sie entdeckte, kam er mit seinem mächtigen Hammer angelaufen und warf ihn nach ihnen. Die Kleineren wußten ganz genau, daß er schon eine Menge Kinder totgeschlagen hatte, manche hatten es selbst gesehen, einige hatten es selber beinahe erfahren; sein Hammer traf immer, und er flog in seine Hand zurück, ohne daß er ihn zu rufen brauchte. Doch obwohl sie wußten, daß so Schlimmes passieren konnte, hörten sie nicht auf, Nüsse zu stehlen.

Die kleinen Mädchen blieben vor der Schranke stehen und zählten, wie viele Wagen der Zug hatte, und je mehr Wagen es waren, um so länger konnten sie zählen; denn das lernten sie in der Schule. Wenn der Zug vorbeigefahren war, bimmelte es wieder; es war wie bei einer Weckeruhr, und die Schranken gingen hoch, langsam und zitternd, so als müßten sie aufstehen und in die Schule. Während sie noch halbwegs zwischen Himmel und Erde hingen, setzten sich

die Pferdefuhrwerke und Autos auf beiden Seiten wieder in Gang, dann wußten die Kinder, daß sie aufpassen mußten, es gab nämlich keinen Bürgersteig. Doch oben auf der Höhe war auf der einen Seite der Straße in dem hohen Gras, das in die Wiesen überging, ein Pfad getreten; hier und da wuchsen Heckenrosen, und an einer Stelle stand ein Baum, der Ahorn oder auch Bergahorn hieß, und dort war der Pfad so schmal, daß man nicht zu zweit gehen konnte, was Schulkinder ja am liebsten tun. Dicke Leute konnten nicht einmal einzeln hintereinander gehen; sie mußten die Böschung hinunter auf die Straße. Das war den Schulkindern aber verboten; denn sie waren so klein, daß sie um ihrer Eltern willen nicht überfahren werden durften. Wenn sie an die schmale Stelle zwischen dem Baum und den Heckenrosen kamen, stritten sie sich, wer vorangehen durfte, und manche fingen schon weit vorher zu rennen an. Der Sieger wartete immer auf die anderen, er kletterte auf den Baum und saß atemlos dort oben und triumphierte.
In der Schule erwarben die Kinder Kenntnisse, die man nicht gut entbehren konnte; auf dem Schulweg suchten sie die Spannung, die ebenso unentbehrlich war. Aber sie wurden allesamt älter und sehr klug und skeptisch, wenn die Rede auf den Schmied und seinen Hammer kam. Sie wurden *noch* älter und hatten keine Lust mehr, um die Wette zu laufen und in den Baum mit den beiden Namen zu klettern. Die Großen, die fremde Sprachen fast beherrschten, gingen würdig mit der Mappe unterm Arm nach Hause, denn es galt als ›weibisch‹, sie am Griff zu tragen; häufig gingen sie unten auf der Straße zwischen den Pferdefuhrwerken und Autos; sie waren ja jetzt so groß, daß sie nicht so ohne weiteres überfahren werden konnten.
Zwei Knaben, die vielleicht Per und Erik hießen, waren übereingekommen, auf dem Heimwege Hunde zu zählen;

je mehr Hunde sie trafen, desto mehr Achtung bekamen sie vor einander und vor sich selbst. Das Hundezählen vollzog sich nach strengen Regeln, sie durften nur auf englisch zählen, und wenn sie einen Hund auf einer der Seitenstraßen sahen, zählte er nicht mit. Sie durften nur die Hunde zählen, die den gleichen Weg gingen wie sie selber. Sie hatten ihre festen Freunde unter den Hunden auf ihrem Wege: den großen schwarzen Kettenhund auf dem Zimmerplatz, der sie immer anbellte, sich aber trotzdem zählen ließ, den Schäferhund, der im Fenster des Glasermeisters lag und sich in dessen Glas spiegelte, so, als ob er gern mehrmals gezählt werden wollte, aber das galt nicht. Und wenn sie so langsam gingen, daß es ihren jungen Beinen richtig schwer fiel, konnten sie dem alten Mann mit dem Chinesenkopf begegnen, der mit seinem zottigen Hunde Strit jeden Nachmittag um die gleiche Zeit spazieren ging. Liefen sie zu schnell, dann war Strit nur bis zu einer Seitenstraße gekommen, die nicht zu ihrer Domäne gehörte. Es war eine Versuchung, an der Ecke stehenzubleiben und zu warten, das aber war streng verboten: wenn man Hunde zählte, durfte man niemals stehenbleiben. Anfangs hatten sie sich darüber gestritten, Erik hatte sich hingestellt, um auf Strit zu warten, Per aber sagte:
»Dann mach ich nicht mehr mit. Dann könnten wir ja einfach hier stehenbleiben, bis Hunderte von Hunden gekommen wären; das hat doch keinen Sinn.«
Also gingen sie weiter ohne Strit, obwohl es die Rechnung beeinträchtigte. Sie mußten mindestens fünf Hunde gezählt haben, um den Tag zu retten, und sie konnten keinen von den festen entbehren. Es gab ja auch schlechte Hundetage, an denen der Schulweg öde war wie eine Wüste, ja, einmal war es vorgekommen, daß nur der Kettenhund auf dem Zimmerplatz an Ort und Stelle gewesen war. An diesem

Nachmittag hatten sie an ihrer englischen Eins wie an einem schweren Kreuz getragen, und Erik, der das Glück hatte, zu Hause einen kleinen Bruder zu haben, hatte ihn, als er heimkam, weidlich verdroschen. Aber es gab auch gute Hundetage, mitunter konnten sie einer ganzen Schar in allen Größen und Farben begegnen, allen aber hing die Zunge aus dem Halse, sie schnupperten aneinander und sprangen von hinten aufeinander, sie vollführten die sonderbarsten Manöver und wimmelten so toll durcheinander, daß es fast unmöglich war, sie zu zählen. Und wenn sie die Zahl endlich hatten feststellen können, dann war so viel Aufregung in ihren menschlichen Stimmchen, daß die Worte gar nicht mitkommen konnten, sie brachten es nicht heraus, daß jetzt der Rekord auf siebzehn stand, obwohl sie wußten, was siebzehn auf englisch hieß.

Ihre Kameraden entdeckten bald, daß die beiden etwas vorhatten; denn sie nahmen nie mehr an den Raubzügen in den Nußbaum an der Schmiede teil, und auch nicht am Wettlauf, um die schmale Stelle auf dem Pfad zuerst zu erreichen. Denn, behauptete Per, wenn man Hunde zähle, dürfe man nicht oben auf dem Fußpfad gehen, sondern nur unten auf der Straße.

»Ihr seid feige,« sagten die Kameraden, »ihr seid bange, daß ihr vom Schmied totgeschlagen werdet.«

»Pah«, sagten die beiden Angeklagten mit Todesverachtung, aber mehr sagten sie nicht.

»Wenn der Rekord fünfundzwanzig ist,« meinte Erik, »dann können wir es den anderen sagen.«

»Nein!« sagte Per erschrocken, »die anderen verstehen das doch nicht, sie kennen die Regeln nicht, und dann gewinnen sie den Rekord.«

»Wenn wir die Seitenstraßen mitzählen dürften, würde der Rekord viel größer.«

»*Six!*« unterbrach ihn Per und wies eifrig auf einen Pudel, der freilich alles tat, um wie ein Löwe auszusehen.
»Sechs! Das ist ein schlechter Tag.«
»Mit Strit werden es *seven.*«
»Wir lernen englisch zählen,« sagt mein Vater, »und deswegen zählen wir Hunde.«
»Das lernen wir doch in der Schule. Es ist gar nicht deswegen.«
»Warum denn also?«
Pers Herz klopfte, seine Lippen zitterten, begierig, das schwere Geheimnis loszuwerden, aber er biß sich fest darauf, um sie zum Schweigen zu zwingen. Es gelang ihm nicht ganz, deshalb sagte er: »Ich habe sechs Kronen.«
Sie waren zu der Ecke gekommen, an der sie sich trennen mußten, und sie hatten nur sieben gezählt. Per wußte im voraus, daß Erik vorschlagen würde, auch die Hunde mitzuzählen, denen sie begegneten, wenn jeder für sich allein ging; das schlug er jedesmal vor, wenn sie mit dem Zählen nicht so weit gekommen waren. Und am nächsten Morgen berichtete er dann, daß er allein mehr Hunde getroffen hätte, als ihnen zusammen begegnet waren, obschon er doch nur ein kleines Stück allein zu gehen hatte. Dann wurde Per böse und wollte Erik nicht mehr dabei haben, aber er konnte ihn auf dem Heimweg gleichwohl nicht entbehren; nicht, weil zwei weiter zählen als einer allein, sondern weil es gefährlich war, es allein zu tun.
Als aber die Zeit hinging, ohne daß der Rekord sich besserte, wollte Erik nicht mehr mitmachen, und schließlich mußte Per sich darauf einlassen, die Regeln abzuändern und die Hunde auf den Seitenstraßen mitzuzählen. Doch konnte er es durchsetzen, daß diese besonders gezählt werden sollten und daß diese Rechnung nur auf deutsch geführt werden durfte, denn sie konnten auch diese Sprache.

Und sogleich war der Krieg zwischen englischen und deutschen Hunden in vollem Gang. Die Seitenstraßen waren in der Mehrzahl, darum gewannen auch die deutschen Hunde leicht die Überzahl, das war sehr beunruhigend, und die Knaben gingen mit starr geradeaus gerichtetem Blick heim, konnten es jedoch nicht lassen, zur Seite zu schielen, wo die Gefahren lauerten. Ein einzelner Sieg genügte nicht, um den Krieg zu gewinnen; die täglichen Schlachten wurden zusammengezählt, Erik trug die Zahlen in ein Rechenheft ein, das er seinem Vater zeigte; der lobte ihn und sagte, so lernten sie auf englisch wie auf deutsch zählen und außerdem rechnen. Er begriff gar nicht, was es heißen sollte, daß es 89:73 stand; neunundachtzig zu *seventy-three!*
Die Knaben aber begannen nun, ihre Hunde zu einem starken Heer zu organisieren. Der Laden des Glasermeisters wurde zum Hauptquartier gemacht, und der Schäferhund, der hier lag und sich spiegelte und gewissermaßen für mehrere gelten konnte, wurde zum Hundegeneral ernannt, und der schwarze Kettenhund auf dem Zimmerplatz wurde Oberst. Der dritte feste Hund konnte keinen so hohen Rang erhalten; denn Strit war nur ein kleiner Hund und konnte höchstens Unteroffizier werden. Aber diese Ernennung gab zu vielen Sorgen Anlaß. An Tagen, an denen die Knaben in ihrem kriegerischen Eifer so schnell liefen, daß Strit mit dem Chinesenmann noch in der Seitenstraße war, wenn sie ihn sahen, mußte Strit doch auf deutsch gezählt werden, und natürlich war es eine dumme Geschichte, wenn ein englischer Unteroffizier plötzlich auf der deutschen Seite auftrat. Eine Zeit lang neigten sie zu der Ansicht, Strit sei ein Spion, aber als sie entdeckten, daß viele Hunde die Gewohnheit hatten, sich den einen Tag auf englischem, den anderen Tag auf deutschem Territorium zu bewegen, muß-

ten sie sich allmählich klarmachen, daß die ganze Kriegführung falsch war; denn die Heere konnten doch nicht aus lauter Spionen und Deserteuren bestehen. Es mußte ein für allemal abgemacht werden, welche Hunde Engländer waren und welche Deutsche, so daß beide Parteien getrost Soldaten ins Feindesland schicken konnten. Aber das war schwer zu entscheiden, weil die Hunde keine verschiedenen Sprachen redeten. Per und Erik saßen in der Schule und grübelten und grübelten; in diesen für das Land so ernsten Zeiten hatten sie nicht Zeit, an etwas anderes zu denken als an den Krieg.

»Wollen wir nicht abmachen, daß alle grünen Hunde deutsch und alle anderen englisch sind?« fragte Erik.

»Quatsch!« sagte Per, »es gibt ja keine grünen Hunde.«

»Das macht doch nichts, dann gewinnen wir doch, und wir können die auf den Seitenstraßen mit zu unseren zählen. Um so größer wird der Rekord.«

»Rekorde sind egal, wenn Krieg ist. Es hat keinen Zweck zu gewinnen, wenn es zu leicht ist.«

»Du hältst es mit den Deutschen!«

»War ich es nicht vielleicht, der angefangen hat, sich mit den Deutschen zu prügeln? Wir könnten ja ausmachen,« – schlug Per vor, brachte es aber kaum heraus – »daß die *schwarzen* Hunde Deutsche sind und die anderen Engländer.«

»Nein, nicht die schwarzen,« rief Erik, »dann wird *unser* Oberst plötzlich Deutscher; das ist Verrat. Wir können abmachen, daß alle anderen Deutsche sind, aber die schwarzen zu uns gehören.«

Jetzt waren sie so uneins geworden wie nur möglich. Auf dem Heimweg gingen sie zusammen, wie immer, mit der Mappe unterm Arm und mit finsteren Mienen, und ohne auch nur eine einzige dieser Mienen zu verziehen, ließen sie die Hunde ungezählt vorbei, und sie warfen nicht einen einzigen Blick in das Geschäft des Glasermeisters, das doch das Hauptquartier war. Die Schranken waren geschlossen, aus der Schmiede ertönten die Hammerschläge, Kinder kletterten unter Lebensgefahr im Nußbaum herum. Der Güterzug stampfte vorbei wie eine Kompanie schwer gerüsteter Soldaten, die kleinen Mädchen zählten die Wagen auf dänisch, und ein paar von ihnen mogelten und zählten zu viele.

»Ich kenne nämlich ein Mädchen, das einen schwarzen Hund hat«, sagte Erik finster.

»Bist du verlobt?« fragte Per ärgerlich. Auch Erik war verlegen: »Mädchen sind ja immer hübsch, wenn sie helles Haar und blaue Augen haben. Und dann hat sie einen kleinen schwarzen Hund in der Straße, wo ich wohne.«

Die Schranken gingen unter dem Gebimmel des Läutewerks hoch, die Pferdewagen und Autos setzten sich in beiden Richtungen in Gang.

»Wollen wir heute den Fußsteig gehen, da wir sowieso keine Hunde zählen«, fragte Erik.

»Nein«, antwortete Per, während Erik schon auf dem Pfad ging. Per wartete, das eine Bein auf dem Gras, das andere auf dem Asphalt der Straße, er wollte Erik rufen, begnügte sich aber damit, den Mund aufzumachen, um tiefer Atem zu schöpfen. Langsam ging er auf dem Fußpfad dahin, er hielt die Schultasche fest an den Leib gepreßt, das Herz klopfte überall, in der Brust, wo es ja saß, aber auch in den Ohren, wo es alles übertönte, und in allen Fingern. Doch als er ganz nahe bei dem Baum mit den beiden Namen war, kam es ihm plötzlich so vor, als ob das Herz müde würde und nicht mehr schlagen könnte, er mußte die Hand auf die Brust legen, um nachzufühlen, ob es noch dort saß. Seine Ohren öffneten sich wieder den alltäglichen Lauten, den Wagen unten auf der Straße, den schwarzen Vögeln, die draußen auf den Feldern krächzten, den Schranken, die jetzt wieder heruntergingen. Der Baum hatte nicht mehr so viele Blätter wie das letzte Mal; er entdeckte sofort oben auf einem Ast einen Knaben, der so klein war, daß er ihn leicht hätte verhauen können.

Per zögerte lange, an dem Baum vorbeizugehen, aber noch länger zögerte das Entsetzen, das er wieder zu empfinden erwartete, sich einzustellen. Das letzte Mal, als er den Fußpfad benutzte, hatte er keine Hunde gezählt; dazu mußte man ja unten auf der Straße gehen, und er war nicht mit Erik zusammen gegangen, denn mit ihm zählte er nur Hunde. Damals hatte er den großen schwarzen Hund, von dem er wußte, daß er dem Deutschen-Rudi gehörte, am Baum hochspringen und nach etwas schnappen sehen – und er sah, wie Rudi seinen Kopf zwischen den Blättern herausstreckte und auf den Hund herunterspuckte. Und Rudi sah auch ihn:

»Pack ihn«, rief er, und es klang immer merkwürdig unheimlich, wenn Rudi rief, er konnte nämlich nicht richtig Dänisch. Per ließ seine Mappe fallen und sah den Hund, der auf ihn zugesprungen kam, starr an; er hatte gehört, man solle tollen Hunden ins Auge sehen.

»Leg dich«, rief Rudi, und der Hund legte sich, und Rudi sprang vom Baum herunter. Per war ihm noch nie allein begegnet, und erst jetzt glaubte er alles, was die anderen von ihm sagten: daß er allen Kindern, die kleiner waren als er, Geld wegnähme und sie zwänge, für ihn Geld zu stehlen, und dann schleppte er sie trotzdem mit in einen Keller und peitschte sie und ließ sie von dem Hund beißen, soviel der wollte, und der Hund bekäme nie etwas zu fressen, sondern nur Prügel.

»Hast du was im Beutel?« fragte Rudi unheimlich.

»Ich habe gar keinen Beutel.«

Rudi lachte und fühlte überall nach, auch da, wo er am allerwenigsten gern befühlt werden wollte und wo er doch kein Geld haben konnte.

»Wenn es dunkel wird, kommst du hierher, mit Geld, fünf Kronen mindestens. Wenn du petzt, hetze ich den Hund auf dich, der findet dich überall. Riech an ihm!«

Und damit preßte er ihm die Schnauze des Hundes in den Bauch.

»Hau ab!« befahl Rudi. »Aber wenn du rennst, beißt er dich tot.«

Per hatte nicht die Kraft, die Tasche unter den Arm zu klemmen, er trug sie am Griff; es war ihm, als säßen seine Beine am Erdboden fest. *Jetzt* – war das lange her, die Beine liefen von selber, der Deutschen-Rudi war verschwunden; es hieß, er sei in eine Erziehungsanstalt gekommen, und sie verspürten keine Sehnsucht nach ihm – aber sie wußten nicht, daß er ihnen fehlte.

An der Ecke, wo sie sich zu trennen pflegten, stand Erik noch, aber er war so damit beschäftigt, mit seiner Fußspitze im Sand zu zeichnen, daß er gar nicht beachtete, wie Per herankam.

»Willst du nicht nach Hause zu deiner Liebsten?« neckte Per.

»Wir könnten doch ausmachen,« antwortete Erik, »daß immer ein schwarzer Hund englisch ist und der nächste deutsch. Nicht?«

Der Kaufmann

I

In der Innenstadt liegen die großen prächtigen Geschäfte, in denen man bekommen kann, was man nur will. In einigen muß man es sich sogar selber nehmen; denn die Kunden sind so zahlreich, daß nicht Verkäufer für alle aufzutreiben sind. Aber am Ausgang des Ladens sitzt der Kaufmann und nimmt das Geld entgegen; man muß nämlich für seine Waren bezahlen, auch wenn man sie selber nimmt.

Draußen am Rande, wo die große Stadt noch klein war, stand einst ein rotes Ziegelhaus von nur zwei Stockwerken; über der Tür war eine Reihe von weißen Buchstaben angenagelt, die zusammen das Wort ›Kaufhaus‹ bildeten. In den Fenstern des Erdgeschosses, die viel zu klein waren, um Anspruch auf den Namen Schaufenster erheben zu können, waren ein paar Waren ausgestellt: Grütze und Essig, Seife und Zigarren, und zu beiden Seiten der Tür stand als Schildwache je eine behäbige Tonne; die eine enthielt Salzheringe, die andere Kartoffeln, die Hunde aber hoben an beiden in gleicher Ehrfurcht ihr Bein. Hin und wieder streckte sich aus dem Fenster unterm Dach ein Arm heraus und schüttelte ein Staubtuch über den Tonnen aus; der Staub war ja leicht genug, um weit fortgeweht zu werden, bevor er herabfiel, und es schadet einem doch auch nichts, staubige Salzheringe und Kartoffeln zu essen, wenn man sie nur vorher abzieht.

Die künftigen Ehemänner, die aus der Innenstadt kamen, um in den hohen Neubauten am Stadtrand nach einer Wohnung zu suchen, konnten dieses Haus, in dem Wohnung und Geschäft so friedlich vereint waren, nicht ohne Wehmut betrachten, und wenn sie zugleich die glückliche Gabe besaßen, zuzupacken, dann griffen sie sofort nach der Tür, auf der mit großen unbeholfenen Buchstaben Name und Telefonnummer des Kaufmanns aufgemalt waren, um einen Blick in den alten Laden zu werfen. ›Ich kann immerhin ein Päckchen Zigaretten kaufen – auch wenn ich schon welche habe‹, dachte solch ein künftiger Ehemann. Im selben Augenblick aber fuhr er zusammen, er hörte die Türglocke anschlagen, die den Kaufmann herbeirufen sollte; es war ein so überraschender und kindlicher Ton, daß es einen am Zwerchfell kitzelte.

Gleichwohl dauerte es eine ganze Weile, bis der Kaufmann kam. Er saß vielleicht oben und aß mit seiner Frau Salzhering, falls sie mit dem Staubwischen schon fertig war. Wäre der Kunde zufällig ein Einbrecher gewesen, dann hätte er genügend Zeit gehabt, sich seine Taschen zu füllen, aber er war ein ehrlicher Mensch und benutzte daher seine Zeit auf ehrliche Weise. Er sah, daß die Treppe aus dem ersten Stock mitten im Laden endete, so daß zu ihren beiden Seiten zwei kleine Ladentische statt eines großen stehen mußten. Und ohne sich darüber Gedanken zu machen, daß sein Verhalten, wenn auch nur äußerlich, wie das eines Einbrechers wirken könnte, schlich er sich hinter die Treppe, um zu sehen, was sich dort verbarg, und richtig: es war, wie er es schon im stillen vermutet hatte: der Hohlraum hinter der Treppe diente als Lagerraum. Unter der untersten Stufe standen Tabaksdosen, unter der zweiten Farbenkübel, die ja ein wenig höher sind, unter der dritten Stufe einige Bierkästen, und so wuchsen Waren und Treppe so brüderlich empor, wie Zwillingsbrüder, und unter der obersten Stufe standen hoch aufgeschossene Rollen Dachpappe und lange Stelzen für die Kinder des Viertels.

Jetzt aber erfüllte die Treppe ihre ewige Bestimmung: die Füße des Kaufmanns traten darauf und brachten eine Stufe nach der anderen hinter sich. Ganz leise kam der Kunde aus dem Lager hervor und stahl sich vor den Ladentisch. Er betrachtete neugierig den bunten Gottessegen von Waren, die brav in ihren Regalen standen und ihr Wesen durch ihren Duft kundtaten. Und wie sich Blütendüfte zur Stimmung des Frühlings vereinen, so vereinten sich im Kaufladen die Düfte von Hutzucker und Schuhcreme, von Kaffee, Seifenflocken und Apfelsinen zu einem einzigen komplizierten Duft.

Der Kaufmann stand hinter dem Ladentisch. Er trug einen grünen Kittel, sein Haar war noch schwarz, und daher wirkte es erstaunlich, daß sein ansehnliches Gesicht schon von tiefen Runzeln durchzogen war. Er sagte nicht mit einer zuvorkommenden Verbeugung: ›Sie wünschen?‹, sondern stand leicht zurückgelehnt da und sah seinen Kunden prüfend an. Und vielleicht war dies der Grund, daß dieser wie ein schüchternes Kind zu stammeln begann:

»Ich hätte gern – ein Päckchen Zigaretten hätte ich gern.«

Der Kaufmann schüttelte den Kopf:

»Sie brauchen keine Zigaretten, Sie haben noch Zigaretten. Aber eine Ansichtskarte kann ich Ihnen verkaufen.«

»Ja«, rief der Kunde aus, dem nicht wohl zumute gewesen war, als er sich durchschaut sah, und der jetzt erleichtert war, so billigen Kaufes davonzukommen: »Eine Ansichtskarte kann ich gerade brauchen.«

»Das kann ich mir denken. Sie haben gewiß jemanden, an den Sie schreiben müssen.«

»Woher wissen Sie das?« fragte der Kunde, außer sich vor Staunen, und begann sogar, wie das ja häufig geschieht, gegen seinen Willen zu erröten.

»Das sieht man doch«, antwortete der Kaufmann gleichmütig und zog eine Schublade voll Postkarten unter dem Ladentisch hervor. Da waren Weihnachtskarten mit Schnee und Geburtstagskarten mit Blumen, und da waren Karten mit Rembrandtschen Bildern in etwas verkleinertem Format, und der Kunde hatte bereits eine ausgesucht, die die glückliche Familie darstellte. Doch dann entdeckte er, daß unten ›Frohes neues Jahr‹ stand, und er legte sie betrübt wieder weg; denn bis Neujahr war es noch lange hin. Der Kaufmann aber hatte schon eine Karte mit einer Ansicht des roten Kaufmannshauses vorgelegt, und wenn es auch nicht von Rembrandt gemalt war, sagte der Kunde doch sofort:

»Ja, ich glaube, die nehme ich; ich schreibe sie gleich. Auf Wiedersehen!«

»Sie vergessen die Marke!«

»Oh, danke«, sagte er, bezahlte und ging, ohne daß der Kaufmann gesagt hatte: ›Vielen Dank, und beehren Sie uns wieder‹, aber vielleicht genügte es, daß die Türglocke läutete. Doch als er draußen stand, hatte er das Gefühl, es sei zuviel verlangt, einen Kaufmann mit so durchfurchtem Gesicht eine Treppe herunter zu bemühen, nur um eine Postkarte zu verkaufen – und eine Briefmarke, an der er ja gar nichts verdiente. Und plötzlich mußte er sich die Nase putzen, vielleicht, weil es ihr zu schwer gefallen war, den vielfältig zusammengesetzten Duft des Ladens in sich aufzunehmen. Da er zur Zeit nicht erkältet war, hatte er kein Taschentuch bei sich, und da die Nase zu voll war, um es hochziehen zu können, ergriff er abermals die Türklinke, und wieder ertönte die Glocke, um den Kaufmann herbeizurufen. Der aber stand noch hinterm Ladentisch und hatte bereits ein hübsches weißes Taschentuch herausgelegt. Jetzt wirkte die Voraussicht des Kaufmanns auf ihn beinahe unheimlich, und als er die Hand nach dem Taschentuch ausstreckte, zitterten alle seine Finger, als wären sie locker.

»Zwei zehn«, sagte der Kaufmann, und der Kunde starrte ihn verständnislos an, bis es ihm aufging, daß dies der

Preis für das Taschentuch war. Nun ist es schwierig, zu zahlen, wenn einem die Hände zittern, und noch ehe er soweit war, klingelte die Tür von neuem; ein kleiner Junge, der es ebenfalls nötig hatte, seine Nase zu putzen, was den Kunden immerhin etwas tröstete, kam herein und streckte dem Kaufmann mit steifem Arm einen Spankorb entgegen. Aber er sagte nicht, wie man erwarten sollte: ›Was auf dem Zettel steht‹; er hatte keinen Zettel, und dennoch ging der Kaufmann in seinem Laden hin und her, nahm Dosen und Tüten von den Regalen herunter und legte sie in den Korb, und zwar so, daß sie möglichst wenig Platz brauchten, denn ein so kleines Kerlchen kann keinen so vollen Korb tragen. Da hatte der Kunde endlich seine Nase geputzt, so daß er den Duft wieder voll und ganz einzuatmen vermochte, und sagte, indem er auf den kleinen Jungen zeigte, der soeben die Nase mit der Zunge zu putzen versuchte:
»Seine Mutter hat wohl telefonisch bestellt?«
Der Kaufmann schüttelte den Kopf, während er die Rechnung für die Waren ausschrieb:
»Das hat sie nicht nötig; sie ist eine alte Kundin, und ich weiß schon, was sie braucht.«
»Latris«, sagte das Bürschchen, meinte aber Lakritz. Der Kaufmann fing an zu lächeln, und plötzlich schien es, als seien alle Furchen in seinem Gesicht die Spuren früheren Lächelns. Er reichte dem Knaben einen Lakritzenmann, offenbar einen Schornsteinfeger, und schrieb auch den auf die Rechnung. Und zuletzt nahm er ein Taschentuch, kein großes weißes, wie vorher, sondern ein kleines buntes, und sagte zu seinem minderjährigen Kunden:
»Putz dir die Nase – nein, nicht so – immer nur das eine Nasenloch, erst das eine, dann das andere, so!«
Mit frisch geputzter Nase, den Lakritzenmann im Mund und den Korb in beiden Händen ging der kleine Kerl, und

der Kunde sah sprachlos zu, wie der Kaufmann das Taschentuch auf die Rechnung setzte und diese auf einen Haken spießte. Alsbald schlug die Türglocke wieder an, und unter ihren Klängen kam ein lustiger Maurergeselle hereingetänzelt. Er machte mit einem Bündel leerer Bierflaschen Musik dazu und sang mit einem falschen, aber von Herzen kommenden Baß: »Ding dang ding dang dang

Ach, wie gerne hören

Wir den Glockenklang...«

»Halt den Mund!« sagte der Kaufmann.

»Wir wollen Bier haben«, erklärte der Maurergeselle und setzte die Flaschen wuchtig auf den Ladentisch.

»Nein,« antwortete der Kaufmann und machte ein Gesicht, als jucke es ihn in seinen Furchen, »ihr braucht heute kein Bier mehr, ihr könntet von dem hohen Gerüst herunterfallen. Die Flaschen behalte ich da, morgen zum Frühstück könnt ihr wieder neue haben.«

»Her damit, oder ich nehme sie einfach selber!« rief der Maurer so wütend, daß man auf ein Handgemenge gefaßt sein mußte. Der Kaufmann zuckte die Achseln:

»Das mußt du mit der Polizei abmachen.«

Der Maurer murrte, wendete sich aber doch zur Tür, öffnete sie und blieb dann in ihr stehen, so daß die Glocke ununterbrochen läutete, bis man Bauchweh bekam.

»Du bist der erbärmlichste Geschäftsmann, den es gibt!« rief er, »und deine Budike wird die erste hier im Quartier sein, die elendiglich kaputt geht. Leb wohl, mich hast du zum letzten Male gesehen!«

»Er wird sich doch nicht etwa was antun?« fragte der fremde Kunde erschrocken. Aber der Kaufmann erwiderte:

»Heute morgen hat er sich bei mir bedankt, weil er gestern nicht vom Gerüst gefallen ist. Morgen wird er sich bei mir bedanken, weil er heute nicht vom Gerüst gefallen ist.«

»Sie sind ein seltsamer Kaufmann«, meinte der junge Mann und schrieb an seine Liebste.

»Grüßen Sie sie von mir«, bat der Kaufmann. »Ich freue mich darauf, sie persönlich kennenzulernen.«

»Danke, gleichfalls«, entgegnete der Kunde verwirrt und verbeugte sich in der bimmelnden Tür linkisch vor dem Kaufmann. Als er weiterging, kam er wieder an dem hohen Hause vorbei, in dem er vielleicht einmal wohnen würde, obwohl es noch nicht fertig war. Der Maurer, der beim Kaufmann gewesen war, verantwortete sich gerade vor seinen Kameraden.

»Du Schlappschwanz, du Dämlack!« schrien sie so wütend, als sollte es jeden Augenblick eine Prügelei geben.

»Schluß für heute«, antwortete er bestimmt. »Mir liegt nichts daran, von all den Gerüsten herunterzufallen!«

II

Der Kaufmann war nicht immer Kaufmann gewesen, in seiner Jugend war er Steward auf einem Luxusdampfer, der von einem Weltteil zum anderen fuhr. Er beförderte lauter Passagiere, die fremde Sprachen sprachen; niemand konnte sie verstehen. Und doch verlangten sie vom Steward, daß er sie verstand, wenn sie im Speisesaal ihre Bestellungen aufgaben, andernfalls beschwerten sie sich beim Obersteward, der Magengeschwüre hatte und einem mit Entlassung drohte. Aus bitterer Notwendigkeit also erwarb der Steward eine wahre Virtuosität darin, die Wünsche der Gäste zu erraten, und dies erreichte er, indem er ihren Tonfall und vor allem ihr Mienenspiel mit den Gerichten auf der Speisekarte verglich. Es war ein Luxusdampfer, die Mahlzeiten waren Luxusmahlzeiten, alle aßen und tranken weit mehr, als ihnen guttat, viele wurden krank, einige starben und wurden, in ein Fahnentuch gehüllt, ins Meer versenkt. Alle hetzten den Steward herum: »Steward«, rief es aus allen Mündern, in allen Sprachen, und er mußte laufen, was das Zeug hielt, um ihnen Essen und Trinken zu bringen – das ihnen doch so gar nicht zuträglich war.

An einem späten Nachmittag, als die Essenzeit bereits drohte, stand der Steward mit seiner weißen Serviette überm Arm da und blickte auf das blaue Meer hinaus, auf dem sie dahinfuhren. Die Sonne war nahe daran, ins Meer zu tauchen, und schickte, um sich an dessen Temperatur zu gewöhnen, lange Strahlen voraus. Die Sonne läßt sich aber nicht belauschen, wenn sie baden geht; er mußte seine geblendeten Augen abwenden, und sie stießen auf ein junges Mädchen, das an einem Tisch saß und so dünn war, daß es fast unsichtbar war. Vielleicht hatte der Steward es deshalb bisher nicht bemerkt, obwohl die Reise schon volle vierzehn Tage gedauert hatte und es ja von Anfang an dagewesen sein mußte. Verwundert griff er nach einer Speisekarte und brachte sie der jungen Dame auf einem Teller. Sie streifte ihn mit ihren blauen Augen, die zusammengekniffen waren, um in ihrem schmalen Gesicht nicht mehr Platz zu brauchen, und machte sich daran, die Speisekarte sorgsam durchzulesen, wobei sie ihren Augen mit dem Zeigefinger den Weg wies. Jetzt wurde so dringend nach dem Steward gerufen, daß er sie verlassen mußte, um die anderen Gäste zu bedienen, die leichter ins Auge fielen. Als er zu ihrem Platz zurückkam, hatte ihr Zeigefinger die Speisekarte kaum halbwegs durchwandert. Diese war freilich sehr lang, denn das ist sie auf einem Luxusdampfer immer. Sobald sie ihn bemerkte, hörte sie erschrocken mit dem Lesen auf, gab ihm die Speisekarte zurück und begann in einer Sprache zu reden, dergleichen er noch nie gehört hatte und die er daher nicht verstand. Er lächelte bedauernd, und sie

lächelte ebenfalls bedauernd, das wichtigste aber war, daß sie beide lächelten. Und plötzlich ging er in die Küche hinaus, um das Beste zu holen, was es gab, nicht das Teuerste – das Mädchen war sicherlich arm, da es so mager war – nein, das Gesündeste, ohne sich um die erregten Gäste zu kümmern, die an allen Tischen, an denen er vorbeikam, riefen und gestikulierten.
Die Begegnung mit diesem jungen Mädchen veränderte das ganze Dasein des Stewards. Ihn, der gewohnt war, für ungeduldige Menschen zu rennen und zu springen, mußte staunende Freude über ein Mädchen erfüllen, das es nicht übers Herz gebracht hatte, ihn mit einer Bestellung zu behelligen und lieber vierzehn Tage lang gehungert hatte. Und immer saß sie schweigend an ihrem Tisch und ließ die anderen rufen. Sie selbst begnügte sich damit, zu lächeln, und ihr Lächeln wurde mit jedem Male, wenn er ihr Speisen brachte, größer; ihre Wangen wurden voller und röteten sich wie reifende Äpfel, und jetzt war es nicht mehr schwierig, sie zu erblicken, sondern weit schwieriger, die Blicke von ihr zu lösen. Und dennoch konnten Stunden vergehen, ohne daß er sie anzusehen brauchte; ein einziger Blick genügte, um ihn auf wundersame Weise wissen zu lassen, was sie nötig hatte, um an Fülle und an Schönheit zuzunehmen. Sie hatten keine Zeit, lange Gespräche zu führen, und sie hatten keine Sprache, in der sie miteinander reden konnten, sie sprachen mit den Augen; das war genug, und niemand anderes hörte, was sie sagten.
Bald entdeckte der glückliche Steward, daß seine Augen sich bei ihr Kraft holten, und wenn er den Blick auf anderen Menschen ruhen ließ, vermochte er auch ihnen anzusehen, was für Speisen ihnen am zuträglichsten waren. Am leichtesten erkannte er es bei denen, die am wenigsten redeten; denn wenn die Passagiere redeten, so taten sie alles,

um ihre geheimsten Wünsche zu verbergen, und sie bestellten am liebsten pikante Gerichte und schwere Weine, auf die sie am meisten Lust hatten, die ihnen jedoch am wenigsten zuträglich waren. Lange war er ein Meister darin gewesen, zu erraten, worauf sie am meisten Lust hatten, und oft hatte es ihn mit Stolz erfüllt, wenn er etwas brachte, noch ehe sie es bestellt hatten – jetzt schnitt es ihm ins Herz, und er äußerte seinen Kummer dem Obersteward gegenüber. Doch der erwiderte:
»Sind Sie verrückt? Die Luxuswaren sind es, an denen wir verdienen, das darf ein Steward nie vergessen.«
»Aber sie kriegen Magengeschwüre, und wir verdienen nichts an ihnen, wenn der Schiffsarzt ihnen Diät verordnet.«
»Der Schiffsarzt ist ein guter Freund von mir«, sagte der Obersteward. »Haben Sie noch etwas hinzuzufügen, wollen Sie auf der Stelle entlassen werden?«
»Nein«, sagte der Steward und fügte nichts mehr hinzu.
Ein Dampfer, der fährt, nähert sich stets dem Lande, und selbst glückliche Stunden bereiten den Weg für die schwere Stunde des Abschieds. Bald würde das Mädchen seinen Bestimmungsort erreichen und von Bord gehen, er aber mußte auf derselben Route zurückfahren. Wie konnte er weiterhin von Tisch zu Tisch laufen und unbedachte Wünsche neuer Passagiere erfüllen – wenn sie nicht mehr da war, deren Wünsche und deren Lächeln stets so glücklich mit den seinen harmoniert hatten? Ach, jetzt war er zu schwermütig, um lächeln zu können, und sein einziger Trost blieb, daß sie ebenso schwermütig war wie er selbst, und so lächelten sie gleichwohl, nur schwermütig.
Der Sturm raste über das Meer, und das Meer antwortete darauf. Es brüllte aufschäumend gen Himmel und vergaß seine Fürsorge für den Dampfer; von Entsetzen gepackt hob er sich aus dem Meer, doch ohnmächtig sank er wieder hin-

ab; auf und nieder wurde der arme Dampfer geschleudert, herunter fielen alle Gerichte von den festgemachten Tischen im Speisesaal und herauf kamen sie wieder, wenn sie schon in die Mägen der Fahrgäste gelangt waren. Der Steward sah es dem grünen Gesicht des jungen Mädchens an, daß sie Tabletten gegen Seekrankheit nötig hatte, und obschon das Deck unter seinen Füßen bald fortglitt, so daß er vornüber stürzte, bald ihm gegen den Kopf prallte, so daß er hintenüberfiel, erreichte er doch die Kabine des Schiffsarztes und konnte eine ganze Schachtel Tabletten gegen Seekrankheit mit zurückbringen. Und während allen so übel war, daß sie nur an sich selber dachten, saßen er und das Mädchen da, schluckten Seekrankheitstabletten und dachten nur aneinander, und keiner von beiden wurde krank. Noch nie war er ihr so nahe gewesen; er mußte seinen Arm um sie legen, damit sie nicht über Bord fiel, das war der glücklichste Augenblick seines Lebens. Er sah es ihr an, daß sie den Sturm nicht mehr lange würde aushalten können, und trotzdem hätte er wünschen mögen, daß er nie wieder aufhörte. Als er gleichwohl aufhörte, lag das Meer so glatt und brav da, daß der Blick darüber hinwandern und das Land erreichen konnte; denn der Sturm hatte sie dem Lande nähergebracht, und vor ihnen lag die Stadt mit allen ihren Lichtreklamen, ihren rauchenden Schornsteinen und alten Türmen. Jetzt mußte er das Mädchen verlassen; er mußte das Versäumte im Speisesaal nachholen, und sie mußte sich fertig machen, um an Land zu gehen.

Der Dampfer glitt in den Hafen, doch war die Mahlzeit noch nicht zu Ende; es war die letzte, und das sollte gefeiert werden. Der Steward verzog sein Gesicht, als er eine Blaskapelle zum Willkommen spielen hörte, er durfte seine Arbeit nicht im Stich lassen, um einen Abschiedsgruß hinüberzuwinken. Als er schließlich Feierabend machen konnte,

war die Nacht längst hereingebrochen und das junge Mädchen verschwunden.
Während der Dampfer im Hafen lag und für die nächste Fahrt Kraft sammelte, führte der Steward ein wildes Leben in dem nahen, mit Recht berüchtigten Hafenquartier. Er wurde ein übler Kumpan unter üblen Kumpanen, er wurde ein loser Freund von losen Mädchen, die ihre Gesichter und ihre Furchen unter Schminke verbargen, so daß er nicht zu erkennen vermochte, was sie eigentlich nötig hätten. Er goß Massen von Schnaps in sich hinein, ohne daran zu denken, daß ihm das nicht gut bekam, er rauchte so viele Zigaretten, daß seine Stimme fast fortblieb. Daher war er sehr mitgenommen, als er seine Arbeit auf dem Luxusdampfer wieder aufnehmen sollte; er konnte sich im Speisesaal kaum mehr zurechtfinden, und jedesmal, wenn jemand »Steward!« rief, zuckte er verwirrt zusammen und fragte:
»Wie beliebt?«
Zu dem Tisch, an dem sie gesessen hatte, wagte er gar nicht hinzublicken. Und doch war es notwendig; denn er ahnte, daß dort ein Mensch saß, der bedient werden wollte. Als er endlich hinsah, verlor er die Besinnung und zugleich alles, was er in Händen hatte: wie in einer Vision sah er sie dort sitzen, so wie er sie das erste Mal gesehen hatte. Der Obersteward kam angelaufen, um ihn wegen der schönen Suppe auszuschimpfen, die am Boden lag. Er aber stand mit abwesendem Blick da und kümmerte sich nicht um seinen Vorgesetzten, bis dieser ihn anbrüllte:
»Mensch, haben Sie Gesichte?«
Da war es, als käme der Steward wieder zur Besinnung, er verbeugte sich eilends vor dem Obersteward und sagte:
»Schon möglich.«
Und mit festem Schritt ging er zu dem Tisch, wo die Erscheinung noch saß und lächelte. Da wurde ihm klar, daß

es keine Vision war; denn so schöne Visionen gibt es nicht. Und doch hatte sie all ihre Schönheit eingebüßt und war wieder so mager, daß sie nahezu unsichtbar war. In seinem Rausch der Liebe begriff er, daß sie seit ihrer Trennung nichts gegessen hatte, weil sie Essen nur noch aus seiner Hand empfangen wollte.
Alle schrien nach dem Steward und behaupteten, dem Hungertode nahe zu sein. Der Obersteward war in höchster Verlegenheit; es wäre ja auch äußerst fatal gewesen, wenn alle Gäste am ersten Tage der Reise gestorben wären.
»Sie sind entlassen«, rief er so laut, daß es nicht mißzuverstehen war, und der Steward lächelte ihm zu und verließ den Salon, den Arm um das junge Mädchen gelegt – sie war so dünn, daß er sie umfassen und dabei noch seine Hand in die Tasche stecken konnte –, um der feinen Gesellschaft so recht seine Verachtung zu zeigen. Und während der Obersteward nun eigenhändig servieren mußte, suchten sie zusammen einen der leeren Plätze auf, deren es auf einem Luxusdampfer so viele gibt, vornehmlich zur Essenszeit. Jetzt konnten sie einander gründlich in die Augen schauen, er las in den ihren, daß sie dasselbe wünschte wie er: sofort über Bord zu springen. Denn je weiter sich der Dampfer von der Küste entfernte, um so länger war der Rückweg für sie. Er hielt es nicht für klug, Rettungsgürtel anzulegen, es hätte Aufsehen erregen und eine Klage wegen Diebstahls nach sich ziehen können. Als er, auf die Rettungsgürtel zeigend, den Kopf schüttelte, schüttelte auch sie den Kopf und war demnach einer Meinung mit ihm. Dann sprangen sie über Bord, wobei er ihr einen Vorsprung ließ: er überlegte nämlich, daß er als Mann etwas rascher springen würde, und er wünschte, sie möchten das Meer im gleichen Augenblick erreichen. In den Wogen aber trennten sich ihre Wege; er tat ein paar mannhafte Stöße, sie da-

gegen sank unter, und das fiel ihr um so leichter, als sie nicht das geringste bißchen Fett am Leibe hatte, das sie über Wasser hätte halten können. Weil sie sich in Worten nicht verständigen konnten, war es zu diesem furchtbaren Mißverständnis gekommen: er hatte einer besseren Zukunft entgegenschwimmen wollen, sie jedoch hatte geglaubt, sie wollten sich aus Liebe ertränken. Aber der Steward tauchte nach allen Regeln der Kunst, und noch ehe sie den Meeresgrund erreichte, schlang er die Arme um ihren Leib, um ihr das Leben zu retten. Dies war ihre erste Umarmung, niemand sah sie, außer den Schwärmen von Fischen, die das Maul auf und zu machten, obgleich sie stumm waren. Als sie naß, aber froh, aus dem Wasser auftauchten, lag ein Rettungsboot bereit, um sie aufzunehmen. Leute auf dem Dampfer hatten das unglückliche Mädchen über Bord springen und den mutigen Steward ihr nachspringen sehen, und dies, ohne daß er sich die Zeit nahm, einen Schwimmgürtel anzulegen. Die Bootsmannschaft brachte einen Gruß vom Obersteward, der seine harten Worte bedauerte und eine Lohnerhöhung in Aussicht stellte, falls er in seine Stelle zurückkehren wolle. Indessen brachte das Rettungsboot sie an Land, damit das Mädchen und der Steward in Hospitalpflege kommen und ihre Kleider trocknen könnten. Es fuhr allein wieder zurück. Der Steward und das Mädchen wurden zwar bald aus dem Hospital entlassen, blieben aber im Lande und heirateten auf die Belohnung hin, die der Steward aus einem Fonds erhielt, weil er ein kostbares Menschenleben gerettet hatte.

Aber kein Geld reicht ewig, bald mußte er seine junge Frau, die an Gewicht wieder zunahm, verlassen, um Arbeit zu suchen. Er lehnte jedes Stellenangebot als Kellner ab, doch waren andere nicht zu bekommen, und er war der Verzweiflung nahe. Als die Not am größten war, da erblickte er durch Tränen ein zweistöckiges rotes Haus mit dem verheißungsvollen Schild: Zu vermieten. Er besann sich nicht lange und mietete es; denn er sah, daß sich das Erdgeschoß als Laden einrichten ließ, in dem er stehen und den Menschen alles verkaufen konnte, was sie brauchten, während das obere Stockwerk als Wohnung für seine Frau und ihn dienen konnte. Sie würden einander immer nahe sein, auch wenn er arbeitete.

So zogen sie denn in das rote Haus ein und blieben darin bis ans Ende ihrer Tage. Langsam lernte sie seine Sprache sprechen; denn er hatte zu viel zu tun, um die ihre zu erlernen. Doch auch als sie sie ziemlich fließend, wenn auch mit fremdem Tonfall sprach, ließen sie immer noch die Blicke sprechen, wenn sie einander ganz verstehen wollten.

III

Der Kaufmann hatte schon, als seine Frau schwanger zu werden begann, bestimmt, daß sein Sohn Philipp heißen sollte. Als aber ihre Schwangerschaft erfüllt war, schenkte sie einem recht schmächtigen Jungen das Leben, der alle dadurch überraschte, daß er bei seiner Geburt nicht schrie. Der Kaufmann behauptete, es sei ein Zeichen, daß er mit seinem neuen Leben zufrieden sei, doch als das Kind weiterhin schwieg, konnten sie es sich nicht mehr verhehlen, daß es stumm war. Die Kaufmannsfrau schrumpfte aus lauter Kummer zusammen, der Kaufmann mußte sie zum Essen zwingen und sie beinahe hart anfahren, um sie zum Schlafen zu bewegen. Niemals fand sie Ruhe und wagte kein Auge von dem Kind zu lassen, das ja nicht schreien konnte, wenn es die Mutter brauchte.

Es ist unmöglich, ein stummes Kind unter lärmenden Kindern zur Schule zu schicken; Philipp wurde zu Hause von einem Mann unterrichtet, der die Fingersprache beherrschte, und auch seine Mutter lernte so viel davon, daß sie das Wichtigste verstehen konnte. Wenn der Lehrer das Haus verlassen hatte, holte der Vater Philipp in den Laden herunter; denn er sah es seinen ängstlichen Augen an, daß er nicht gern hinausging, um mit anderen Kindern zu spielen. Er konnte sich ja nicht wehren, wenn die anderen ihn neckten, und deshalb wurde er ständig geneckt. Die Mutter wollte es nicht zulassen, daß Philipp von ihr fortgeholt wurde – und sei es auch nur in den Laden –, weil er nicht nach ihr rufen konnte, wenn er sie brauchte; darum kaufte ihm der Vater eine Blockflöte, auf der er pfeifen konnte, obwohl er stumm war.

Und Philipp wuchs, mehr in die Länge als in die Breite, er nahm auch an Verstand zu, und sein Vater sprach täglich zu ihm von der bedeutsamen Tätigkeit des Kaufmanns:

»Ein Kaufmann muß unterscheiden können zwischen dem, was ein Kunde wirklich braucht, und dem, wonach es ihn nur gelüstet. Du wirst ja wohl kaum glauben, daß man alles das braucht, wonach es einen gelüstet.«

Der kleine Philipp nickte ernsthaft, er überlegte, daß es ihn wohl zu reden gelüstete, das aber brauchte er nicht; denn sein Vater sagte alles, was zu sagen war:

»Ein richtiger Kaufmann muß darüber Buch führen, wieviel seine Kunden rauchen und wieviel Bonbons sie essen. Es ist nämlich eine bekannte Tatsache, daß man vom zu vielen Rauchen schlechte Lungen bekommt und vom zu vielen Bonbonessen schlechte Zähne. Der Kaufmann aber muß darauf achten, die Gesundheit seiner Kunden zu erhalten, damit erhält er sich seine Kundschaft.«

Der Kaufmann erteilte Anschauungsunterricht, während er bediente, und Philipp saß auf der Treppe und schaute zu. Oben im ersten Stock war er immer der Meinung gewesen, alles, was laut ausgesprochen würde, sei wahr, und deshalb mußte er sich darüber wundern, daß sein Vater sich mitunter gar nicht danach richtete, was die Kunden sagten, sondern ihnen ganz andere Waren verabreichte, als sie verlangten.

»Das braucht ihr nicht, das heißt ja, sein Geld rausschmeißen«, sagte er, und die Kunden verbeugten sich ehrerbietig vor ihm, verließen jedoch den Laden mit zögernden Schritten, als ob sie gleichwohl daran zweifelten, daß er recht hätte.

Nach Ladenschluß saß Philipp oben und spielte auf seiner Blockflöte, auch wenn seine Mutter bei ihm war und gar nicht gerufen zu werden brauchte. Während er spielte, sah er seinen Vater verstohlen an und dachte daran, wie er den wenigen Kunden zulächelte, die selber sagen konnten, was sie wirklich brauchten. Doch der Vater machte sich nichts aus dem Flötenspiel:

»Es mag notwendig sein, für Schlangen Flöte zu spielen, aber nicht für Kaufleute«, sagte er lächelnd, doch nicht so, wie Philipp es sich wünschte. Auch die Mutter hörte zu und lächelte, wenn auch nie so breit wie der Vater, weil ihr Gesicht schmaler war.

»Wie schön er spielt,« mochte sie dann wohl sagen, »er sollte Musikant werden.«

Da aber blickte der Vater sie an, wie jene Kunden, die nie selbst wußten, was ihnen not tat:

»Nein«, sagte er. »Ich kann es ihm ansehen, daß es sein höchster Wunsch ist, Kaufmann zu werden wie sein Vater. Nicht wahr, Philipp?«

Philipp nickte steif. Sein Vater sprach die Wahrheit. Kleine Jungens wollen, wenn sie einmal groß sind, häufig König werden; Philipp wollte Kaufmann werden. Der Gedanke daran erfüllte ihn mit einer schwindelnden Freude, aber auch mit einer schwindelnden Angst: Wie nur sollte er es anstellen, ein so großer Kaufmann zu werden wie sein Vater, selbst wenn er groß war? Er vermochte ja die Kunden nicht so streng anzusehen und noch weniger sie so anzureden wie er; ja, oft taten sie ihm leid, wenn sie mit den Waren unterm Arm abzogen, die sie nach der Meinung des Kaufmanns brauchten, und einem richtigen Kaufmann dürfen die Kunden nicht leid tun. Zumal die neuen Kunden, die in die hohen Häuser einzogen, die die Maurer gebaut hatten, nahmen viele von den Waren des Kaufmanns nur unter Protest an und knallten die Tür zu, wenn sie den Laden verließen. Das war zuviel für die Türglocke; sie ging entzwei und wurde nicht wieder instandgesetzt. Es gab jetzt nämlich so viel zu tun, daß der Kaufmann ständig im Laden sein mußte und nicht erst von einer Glocke herbeigerufen zu werden brauchte. Manchmal fürchtete Philipp, die zornigen Kunden würden nie wiederkommen. Dann setzte er seine Blockflöte an die Lippen und spielte tröstliche Weisen, und es war, als ob die Kunden gerade das zu hören verlangten; sie blieben auf der Schwelle stehen, und ihre bösen Mienen wandelten sich in staunendes Lächeln. Nur der Kaufmann lächelte nicht, er schüttelte seinen mächtigen Kopf, wenn seine Frau die Treppe heruntergetrippelt kam und ängstlich fragte: »Was willst du von mir, Philippchen?«

Philipp war bald herangewachsen, es wäre für ihn die Zeit des Stimmbruchs gekommen, wenn er eine Stimme gehabt hätte. Sein Mund wurde größer und blies stärker auf der Flöte, und eines schönen Tages zersprang sie. Da erlebte er den ersten Zwist unter seinen Eltern; die Mutter wollte, daß er sofort eine neue Flöte bekäme, der Vater dagegen erklärte, er brauche sie nicht mehr, er sei wohl jetzt groß genug, um allein fertig zu werden. Auch solle er bald anfangen, im Laden zu helfen, und während man bediene, könne man nicht Flöte spielen.

»Nicht wahr, Philipp, du willst keine Flöte mehr?« fragte er, und Philipp schüttelte den Kopf, während seine Finger zitterten.

»Er sagt doch mit allen seinen zehn Fingern ›ja‹«, rief die Mutter aus, aber ihre Worte klangen nie so überzeugend wie die des Vaters, ihre Stimme war dünner und ihr Tonfall fremdartig.

»Er kriegt keine Flöte«, erklärte der Vater, und damit wußte Philipp, daß er keine bekam: denn der Vater sprach stets die Wahrheit. Als dieser in den Laden hinunterging, blieb Philipp oben bei der Mutter und versuchte vergeblich, die alte Flöte zusammenzuleimen.

»Wo ist denn heute Ihr Sohn?« fragten die Kunden, »er spielt doch so schön Flöte –« und obgleich der Kaufmann eigentlich verdrossen war, begann er doch in allen seinen Runzeln zu lächeln wie immer, wenn seine Kunden etwas äußerten, was er gern hörte. Am nächsten Morgen sagte er zu seiner Frau, so böse, daß es wie ein Strafurteil klang: »Heut besorgst du den Laden!«

Er selber ging in die Stadt und suchte eine Musikalienhandlung auf. Noch als er eintrat, hatte er sich nicht entschieden, und der Verkäufer kam ihm auch keineswegs zu Hilfe, er fragte mit einer zuvorkommenden Verbeugung nur töricht: »Was wünschen Sie?« Der Kaufmann murmelte etwas, antwortete aber nicht, und als noch ein anderer Kunde hereinkam, stimmte er mit einer unfreundlichen Handbewegung zu, daß dieser zuerst bedient wurde.

»Sie wünschen?« fragte der Verkäufer.

»Eine Großtrommel für meinen Sohn«, erwiderte der Kunde, und der Verkäufer begann augenblicklich, große Trommeln auf dem Ladentisch aufzustapeln, eine immer größer als die andere. Der Kaufmann mußte lächeln, es zuckte in einigen seiner Runzeln: ihm wurde plötzlich klar, daß eine Blockflöte eigentlich ein sehr bescheidener Wunsch war. Dennoch erfüllten feindselige Gefühle sein Herz, als sein Blick auf die kleinen schwarzen Röhren mit den blanken Klappen fiel, und um diese zu ärgern, betrachtete er die Messingtrompeten, die daneben lagen, mit weit größerer Anerkennung.

»Haben der Herr sich entschieden?« ertönte es, als der andere Kunde mit seiner Pauke abgezogen war.

»Eine Messingtrompete«, sagte der Kaufmann, noch ehe er sich entschieden hatte, und jetzt konnte er sein Wort nicht zurücknehmen, vielmehr fand er sich veranlaßt, dem Kollegen hinter dem Ladentisch seinen sonderbaren Wunsch zu begründen:

»Sie ist für meinen Sohn, seine Blockflöte ist ihm zersprungen. Ich habe gesagt, er kriegt keine neue, und dabei bleibt es! Der Junge ist aber unglücklich, er heißt Philipp, und seine Mutter findet mich furchtbar streng. Wenn die wüßten, daß ich jetzt mit einer goldenen Trompete ankomme!«

Seine Stimme gluckste vor Wonne. Plötzlich hörte er es selber und hielt erschrocken inne, der Verkäufer aber gluckste höflich weiter, während er die Trompete vorholte. Und zum Schrecken des Kaufmanns setzte er sie an den Mund und blies eine Reveille mit geschlossenen Augen, danach machte er sie wieder auf und sah seinen Kunden erwartungsvoll an.

»Ein schöner Klang«, sagte er, und als der Kunde nichts darauf erwiderte, reichte er ihm ein wenig gekränkt, aber äußerst feierlich, die Trompete und erklärte mit erhobener Stimme:

»Es ist die beste Trompete, die ich je gehabt habe, mit der sind Sie nicht betrogen.«

»Packen Sie sie ein«, sagte der Kaufmann.

»Und das ist sicher – wenn es etwas gibt, womit man flotten Jungens eine Freude machen kann, dann stets mit einer Trompete.«

Der Kaufmann zahlte, erwiderte jedoch das höfliche »Vielen Dank. Auf Wiedersehen der Herr« nur mit einem Achselzucken, während er den Laden verließ.

Als er Philipp das komisch geformte Paket überreichte, betastete es der Knabe mit scheuen Fingern und wagte kaum, es anzunehmen. Aber kaum hatte er die goldene Trompete aus dem grauen Papier befreit, da fiel er seinem Vater um den Hals, der kopfschüttelnd sagte:

»Jetzt mußt du im Laden helfen, und da darfst du nicht tuten.«

Philipp versuchte, sich so zu verhalten, wie er es von seinem Vater gelernt hatte. Er konnte es den Kunden wohl ansehen, wonach es sie gelüstete – das aber durften sie ja gerade nicht bekommen; dagegen vermochte er ihnen nicht anzusehen, was sie wirklich brauchten, was ihnen selbst jedoch nicht bewußt war. Die Kunden machten ihm ein saures Gesicht, vor allem die neuen, die ihn nie hatten Flöte spielen hören. Sie konnten sich wohl dem Wort eines gestrengen Kaufmanns fügen, nicht aber dem eines halbwüchsigen Knaben, der seine Meinung niemals zu begründen imstande war; obschon sie wußten, daß er stumm war, neigten sie doch dazu, seine Schweigsamkeit als ein Zeichen von Unhöflichkeit zu betrachten. Zu beiden Seiten der Treppe hatte jeder – Philipp wie der Vater – seinen Ladentisch, die Kunden aber standen lieber vor der Theke des Vaters Schlange, als daß sie sich von Philipp bedienen ließen. Den ganzen Tag hindurch grämte er sich darüber, war aber darauf bedacht, es den Vater nicht merken zu lassen; erst abends blies er laut und klagend auf seiner Trompete; denn dann versuchte der Vater, nicht darauf zu hören.

Eines Nachmittags war es gegen alle Gewohnheit im Laden leer. Philipp vertrieb sich die Zeit damit, eine der großen Reklamen zu betrachten, die die Lieferanten den Waren immer beigaben, die der Kaufmann jedoch niemals aufhängte. Es war eine bekannte Schauspielerin, die sich, halbnackt, die Zähne putzte; und der weiße Schaum floß ihr aus dem roten Mund und formte sich zu weißen Worten, die diese Zahnpasta anpriesen, weil sie nicht nur weißer war als alle anderen, sondern auch Vitamine enthielt. Da sagte der Kaufmann:

»Nimm dich vor Reklamen in acht! Es gibt schlechte Geschäfte, in denen Reklamen für die gleichen Waren zweier verschiedener Firmen Seite an Seite hängen, und aus den Reklamen geht hervor, daß jede der Waren besser ist als die andere. Du mußt aber wissen, daß dies ganz unmöglich ist. Denn die eine Ware ist am besten für den einen Kunden, eine andere für den anderen, und so fort. Es ist Sache des Kaufmanns, seinem Kunden zu sagen, was er braucht – wenn er es nicht selber zu sagen weiß. Den Reklamen fehlt jede Achtung vor dem Menschen, sie gestatten niemals, eine persönliche Wahl zu treffen. Vielleicht braucht die halbnackte Schauspielerin da gerade diese Zahnpasta für ihre Zähne – sie sieht ganz danach aus – aber jeder Mensch hat seine eigenen Zähne, und alle Zähne sind verschieden. Im übrigen sind Reklamen so lügnerisch, daß sie oft ein Waschpulver durch eine Schauspielerin anpreisen lassen, deren Händen man es ansieht, daß sie überhaupt noch nie Wäsche gewaschen hat. Eine solche Frau lügt, um Geld zu verdienen, und das tun viele Menschen. Ein guter Kaufmann aber stellt die Wahrheit über den Verdienst. Daher sollst du die Reklame nicht angucken, sondern sie zerreißen.«

Philipp tat, wie der Vater ihn hieß, doch als die Schauspielerin noch einigermaßen zusammenhing, blickte er erschrokken auf; denn der Laden erdröhnte von gewaltigen Schritten. Als er sah, daß der Eintretende ein schlanker junger Mann war, erschrak er noch mehr; wie war es nur möglich, daß er so laut auftreten konnte? Auch der Kaufmann musterte den Fremden erstaunt, sicherlich nicht nur, weil er ihn bisher noch nicht gesehen hatte, kamen doch täglich neue Kunden.

»Ich möchte ein Päckchen Zigaretten haben«, sagte der Fremde und führte die Finger grüßend an den Hut, den er in den Nacken geschoben hatte.

»Ausgeschlossen. Sie haben Zigaretten in der Tasche.«

Wäre der Fremde nun ein neugieriger Tourist gewesen, so hätte ihm der Kaufmann wohl eine Ansichtskarte verkauft. Aber Touristen fühlen sich durch die Fremde immer unsicher, und um dies zu verbergen, lächeln sie so selbstsicher, daß es oft albern wirkt. Dieser Mann dagegen lächelte ein weit verwickelteres Lächeln: verschmitzt, bestrickend, verlegen zugleich.

»Sehr scharfsinnig! Es ist Ihrem Blick nicht entgangen, daß ich eine Zigarette rauche, und daraus schließen Sie sogleich, daß ich welche habe. Ungeheuer scharfsinnig! Aber ich kann Ihnen verraten, daß ich in diesem Augenblick meine unwiderruflich letzte Zigarette rauche. Wenn sie zu Ende ist, muß ich eine neue haben; ich rauche nämlich außerordentlich viel, und ich habe *keine* mehr in der Tasche.«

»Darüber will ich nicht streiten. Es ist Ihre Sache, Ihre Behauptung zu beweisen, indem Sie alle Ihre Taschen nach außen kehren.«

»Ich lasse mich von einem Kaufmann keiner Leibesvisitation unterziehen. Als Mitmensch rate ich Ihnen nur, mir die besagten Zigaretten zu verkaufen; es könnte Sie sonst teuer zu stehen kommen.«

»Sie meinen, Sie als Kettenraucher könnten mir durch Ihren

unmäßigen Zigarettenverbrauch einen guten Verdienst einbringen. Ich sehe, Sie wollen hier ins Quartier ziehen; Sie sind kein gewöhnlicher Tourist.«

»Ihre kaufmännischen Methoden sind berühmt, und Sie enttäuschen meine Erwartungen nicht. Es würde mich aufrichtig betrüben, wenn Sie auch nur einen einzigen Kunden verlieren sollten, und daher –«

»Es gibt auf der Welt noch andere Häuser als die Neubauten hier, Sie brauchen sich nicht hier anzusiedeln. Wenn Sie es aber doch tun, dann müssen Sie bei mir einkaufen oder Sie müssen einen weiten Weg machen; ich bin der einzige Kaufmann hier am Ort.«

»Das merkt man.«

Der Fremde ließ seinen Blick über alle Regale schweifen, er entdeckte auch Philipp und nickte ihm lächelnd zu. Philipp, der an eine höfliche Behandlung durch die Kunden nicht gewöhnt war, konnte nicht umhin, das Lächeln zu erwidern, obschon er sich größte Mühe gab, es zu unterdrücken. Der Fremde stapfte hinter die Treppe und rief: »Ein prächtiges Lager!«

Da trat der Kaufmann drohend auf ihn zu, und der Kunde machte sofort einen dröhnenden Schritt zurück, wobei sein Blick die Treppe emporwanderte:

»Eine idyllische Treppe!« Er ließ den Zigarettenstummel auf den hölzernen Fußboden fallen, trat ihn aber selber aus.

»Ich brauche ein Päckchen Zigaretten«, sagte er leichthin, als ob nichts vorgefallen sei.

»Die Sache ist bereits erledigt«, erklärte der Kaufmann.

»So, so.«

Der Fremde trat noch einen Schritt zurück. Er wendete sich jetzt Philipp zu, und vielleicht kam es durch den größeren Abstand, daß er seine Stimme verstärkte.

»Was sagen denn Sie dazu? Sie scheinen jünger zu sein als

Ihr Vater, wollen Sie mir ein Päckchen Zigaretten verkaufen, ja oder nein?«
Es wäre am würdigsten gewesen, einfach zu schweigen. Aber Philipp, durch die Anrede mit ›Sie‹ geschmeichelt, die er bisher noch nicht erlebt hatte, wies auf seinen stummen Mund:
»Ich verstehe. Sie wagen nichts zu sagen, während Ihr Vater es hört, haben gewiß nie etwas zu sagen gewagt. Aber *ich* wage was zu sagen«, rief er mit fürchterlicher Stimme, doch noch fürchterlicher ertönte die des Kaufmanns:
»Verlassen Sie meinen Laden!«
Da flüchtete der Fremde; er war bereits aus der Tür, als der Kaufmann hinzusetzte:
»Und zwar augenblicklich!«
Das ganze Haus erbebte von den gewaltigen Schritten. Der Kaufmann stand schwer atmend da und warf einen Blick auf Philipp, der nicht Zeuge eines solchen Auftrittes hätte sein dürfen. Er wollte ein Wort sagen, das die Sache hätte zurechtrücken können, doch als er sich endlich gefaßt hatte, brachte er nur stöhnend heraus:
»Hier müßte die Polizei eingreifen!«

IV

Der Kaufmann, der niemals ernstlich krank gewesen war, erkältete sich plötzlich schwer und wurde so heiser, daß er kaum noch sprechen konnte. Seine Frau kaufte ihm in der Apotheke Hustensaft, aber er spuckte ihn wieder aus und wurde noch heiserer. Und gerade in diesen Tagen hätten die Kunden ein strenges Wort hören sollen, sie nahmen die Waren nur selten an, ohne zu murren, und häufig murrten sie, ohne die Waren anzunehmen. Es war für Philipp schrecklich anzuhören, wie sein Vater einen Hustenanfall bekam, wenn er den Kunden vernünftig zureden wollte, und es war ein furchtbarer Husten, der die Kunden flüchten ließ, damit sie sich nicht ansteckten. Viele flüchteten zu Philipps Ladentisch, ja, es konnte vorkommen, daß sie davor Schlange standen, während der Vater hustend ganz allein blieb. Und wenn ihm die Augen voller Tränen standen – denn das tun sie, wenn man hustet –, warf er Philipp unter der Treppe hindurch verstohlene Blicke zu, und Philipp erwiderte sie ebenso verstohlen.

Vielleicht besaß er jetzt größere Routine; er konnte die Kunden weit rascher bedienen als früher – oder war es, weil es plötzlich nicht mehr so viele Kunden gab? Es kam vor, daß kein einziger da war – und eines Tages sagte der Vater: »Ich bin hier nicht mehr nötig«, und ging während der Geschäftszeit in die Stadt. Das war bisher nur ein einziges Mal vorgekommen, damals, als er die Trompete kaufte. An diesem Tag bediente Philipp mit zitternden Händen, vor allem, als er ein Mädchen bediente, das von jeher Rosa geheißen hatte, ohne daß er bis heute einen Gedanken darauf verwendet hatte.

»Eine Tube Zahnpasta«, sagte sie und legte mit ihrer weißen Hand ein gelbes Geldstück auf den Ladentisch.

»Wackelt der Tisch nicht?« fragte sie, und Philipp blickte sie ebenso fragend an; denn der Tisch stand natürlich fest. Sie lächelte entschuldigend, und daher konnte Philipp ihre Zähne sehen. Sie sahen gar nicht danach aus, als ob sie Zahnpasta nötig hätten, und da mußte Philipp auch lächeln. Es durchschoß ihn heiß, und er bekam einen roten Kopf, als er entdeckte, daß die Zahnpasta, die er ihr reichte, just die war, die weißer war als alle anderen und von einer halbnackten Schauspielerin angepriesen wurde, die er mitten durchgerissen hatte. Rosa nahm die Tube, doch statt zu gehen, blieb sie stehen und fragte:

»Kannst du Trompete blasen?«
Philipp nickte verwirrt, aber ein Kaufmann muß seine Verwirrung verbergen können. Dann lief er die Treppe hinauf und holte die Trompete. Schon auf der obersten Stufe fing er an zu blasen, denn er merkte, daß Rosa es zu hören verlangte.
Seinen großen Fuß auf der untersten Stufe, stand plötzlich der Vater da. Philipp wischte sich aufgeregt den Mund und verbarg die Trompete hinter seinem Rücken.
»Ich bin nicht taub,« rief der Vater laut, um seine Heiserkeit zu übertönen, »was fällt dir ein, während der Geschäftszeit zu tuten? Nein, du brauchst nicht zu antworten«, setzte er hinzu, als Philipp alle Finger der Hand spielen ließ, die nicht die Trompete umkrampfte. »Du wirst nie ein guter Kaufmann werden. Durch die Treppenstufen habe ich beobachtet, wie du bedienst. Dir fehlt ja jede Fähigkeit, nein zu sagen.«
›Dann ist es also wahr‹, dachte Philipp während des fürchterlichen Schweigens, das nun folgte: ›Ich hab es falsch gemacht, und ich bin es nicht wert, Kaufmann zu heißen.‹ Plötzlich wurde es ihm siedend klar, daß er den Kunden, um ihrem Zorn zu entgehen, weit mehr gegeben hatte, als sie brauchten. Dadurch hatte er sich den Zorn seines Vaters zugezogen, und jetzt war er dem Vater wie den Menschen verhaßt. In seiner heftigen Reue fiel er vor dem Vater auf die Knie, doch der stieg schon die Treppe hinauf und trat so hart auf, daß die Stelzen, die daran gelehnt waren, umstürzten und im Fallen klirrend ein paar Dosen aus den Regalen mitrissen. Er wollte ihm nacheilen, aber schon fiel die Tür oben ins Schloß, und im nächsten Augenblick hallte das Haus von einem furchtbaren Hustenanfall wider.
›Er hat die Tür möglichst schnell schließen wollen, damit die Kunden es nicht hören und sich vor der Ansteckung

fürchten‹, versuchte Philipp zu denken – und siehe da, schon war wieder jemand im Laden. Er legte die Trompete auf einem Regal ab und trocknete sich die Augen.
»'n Tag, Philipp«, sagte der Kunde; denn es war ein flotter Bursche seines Alters, und grinste ihn an, als seien sie von jeher dicke Freunde gewesen, obwohl sie gar keinen persönlichen Umgang miteinander hatten. Philipp wunderte sich, ihn zu sehen, er war nämlich schon am Vormittag dagewesen, um Kartoffeln für seine Mutter und Tabak für seinen Vater zu kaufen. Aber der Kaufmann hatte gleich gemerkt, daß der Tabak für ihn selber war, und er war dagegen, daß Knaben rauchten.
»Lang mir doch eben das Päckchen Tabak da rüber, ich habe gesehen, du bist allein.«
Philipp schüttelte betrübt den Kopf, der jugendliche Kunde aber zog mit einer Cowboy-Bewegung die Pfeife aus der Tasche und richtete sie wie einen Revolver auf ihn. Philipp ließ sich nicht verblüffen, war aber gleichwohl ängstlich und erst dann beruhigt, als der Bursche seine Pfeife wieder Pfeife sein ließ. Er steckte den Finger in die Höhlung des Pfeifenkopfes und sagte:
»Zum Teufel, Mensch, ich verlange ja schließlich kein Schießpulver!«
Philipp mußte ihm recht geben; seltsam mechanisch ging er hinter die Treppe, in seinem Kopf klangen, merkwürdig entstellt, die vernichtenden Worte seines Vaters wider: ›Dir fehlt ja jede Fähigkeit, nein zu sagen‹ – und in einer eigentümlich beruhigenden Verzweiflung gab er zu, daß die Worte des Vaters wahr waren wie immer. Er holte unter der untersten Treppenstufe eine Dose Tabak heraus, die an Größe alle Erwartungen seines Kameraden übertraf, und dieser drückte seine Begeisterung mit den Worten aus:
»Prima, prima«, denn solche Worte können Knaben ge-

brauchen, um ihre Begeisterung auszudrücken. Philipp legte bedeutungsvoll einen Finger auf seinen stummen Mund, der andere nahm die Dose Tabak, zwinkerte ihm zu und schlich sich zur Tür hinaus, die Gott sei Dank schon seit Jahren nicht mehr klingelte.

Philipp blieb bis zum Ladenschluß allein; der Vater hatte vom lauten Reden Halsweh bekommen, seine Frau machte ihm warme Umschläge; aber er riß sie wieder herunter.

Es war Philipp, als ob seine Arme von selber bedienten, und noch vor Abend hatten sie an einen zweiten Altersgenossen ein Päckchen Zigaretten verkauft. Es sprach sich auch bald im Quartier herum, daß Philipp Tabak verkaufte, wenn sein Vater nicht dabei war, und noch ehe eine Woche um war, stand er in einem freundschaftlichen, wenn auch lichtscheuen Verhältnis zu allen halbwüchsigen Burschen im Quartier, die gern heimlich rauchten.

War es nun seine Furcht vor dem Zorn des Vaters, was ihm vor allen erwachsenen Männern Angst einflößte, oder befiel ihn diese Angst nur, weil er allein im Laden war, der bald so alt war, daß sich Gespenster darin hätten wohlfühlen können? Wenn die Maurer von der Baustelle kamen und zuviel Bier verlangten, schüttelte er den Kopf, aber mehr aus Angst als aus Überzeugung, und wenn sie mit ihren großen Fäusten drohten oder gar die Ärmel aufkrempelten, um ihre Muskeln spielen zu lassen und ihn einen Trottel nannten, dann begann er am ganzen Leibe zu zittern – und ihnen das Bier zu geben. Und sofort waren die wütenden Männer wie verwandelt, sie schlugen ihm auf die Schulter, sie drückten ihm gerührt die Hand und bedankten sich mit bebender Stimme für seine Art und Artigkeit. Der Vater wußte davon nichts, er war selten im Laden, aber eines Tages kam die Mutter die Treppe heruntergeschlichen. Sie lächelte verlegen, während sie zu der

Schublade ging, in der die Schönheitsmittel versteckt waren. Philipp erhob die Hände, um ihr fürchterliches Vorhaben abzuwehren, sie aber sagte mit ihrer kleinen, sanften, noch immer ein wenig fremdartigen Stimme:
»Hab keine Angst, Philippchen, dein Vater kommt nicht dahinter; er sieht mich nicht mehr an. Er hat so viele Sorgen. Im Erdgeschoß des letzten Neubaus soll ein Selbstbedienungsladen aufgemacht werden; der Besitzer hat ein künstliches Bein und kann nicht bedienen. Aber bei unseren alten Kunden herumlaufen und deinen Vater schlecht machen, das kann er; denn er ist ein böser Mensch. Er erzählt ihnen, bei ihm könnten sie alles, was sie wollten, fast umsonst haben. Ans Geldverdienen dächte er nicht, behauptet er, und unsere alten Kunden glauben ihm, daß Vater ans Geldverdienen denkt. Ja, mein Junge, wenn du deinem Vater nicht ungehorsam gewesen wärst, dann hätten wir keinen einzigen Kunden mehr.«
Philipp wurde blaß, als er die Mutter von Ungehorsam reden hörte, aber sie umfaßte seinen Kopf mit ihren Händen, so daß er eine Tube Schönheitscreme kalt im Nacken spürte, sie küßte ihn, und er sah, daß ihr Gesicht aus der Nähe fast so durchfurcht war wie das des Vaters, obwohl die Furchen kleiner waren. Sie konnte also wohl eine Schönheitscreme brauchen, sie war ja eine Frau.
»Gib ihnen bloß alles, was sie haben wollen, mein Junge, sonst gehen sie von uns zu dem Kerl mit dem künstlichen Bein, und das ist nicht gut für sie. Glaubst du denn nicht, daß dein Vater, der alles weiß, nicht auch wüßte, was du tust? Was meinst du wohl, weshalb läßt er dich allein im Laden? Du mußt mit deinem Vater Nachsicht haben, bald ist er ein alter Mann, ich habe um ihn solche Sorgen. Aber auf mich hört er ja nicht, er will ja nicht mal ein Halstuch umbinden.«

Sie mußte ganz hoch und dünn sprechen, damit ihre Stimme nicht im Weinen erstickte. Dann hörte er ihre leisen Schritte die Treppe hinauf. Er war so benommen, daß er sich auf die unterste Stufe setzen mußte, unter der die Tabakdosen standen, und er mußte das Gesicht in den Händen vergraben, um den Laden nicht wie bei einem schweren Sturm auf dem Meer auf- und niederschwanken zu sehen. Er bemühte sich, Erleichterung zu spüren: er hatte doch richtig gehandelt. Es gelang ihm aber nicht, denn wie sollte er es ertragen können, seinem Vater gegenüber recht zu behalten?
Lange hatte er so gesessen, als die Tür aufging. Er wollte seinen Kummer vergessen und sich über den getreuen Kunden freuen, der da hereinkam. Aber es war kein Kunde, es war sein Vater, grau und gebeugt. Philipps Augen waren noch von Tränen verschleiert, daher wollte die Gestalt des Vaters ihm wohl ins Unkenntliche verfließen.
»Sitzt du hier, Philipp«, sagte er heiser und ließ sich mühsam neben ihm nieder.
»Willst du mir eine Zigarre verkaufen?« flüsterte er.
Philipp erinnerte sich, daß sein Vater mehr als einmal heiseren Kunden erklärt hatte: ›Du bekommst keine Zigarre, solange du Halsweh hast.‹ Aber er holte gleichwohl eine Zigarre, ja, die allerlängste, die er finden konnte, und gab dem Vater zitternd Feuer. Augenblicklich begann der Vater herzzerreißend zu husten, und als seine Stimme allmählich wiederkam, stöhnte er:
»Das ist der Untergang der Welt, die Menschen wollen sich selbst bedienen.«
Philipp wollte an seinem eigenen Schweiß fast verbrennen.
»Es gibt keinen Gott im Himmel,« jammerte der Vater und wies mit der Zigarre zur Decke – »und auf der Erde sind nur Menschen, die nicht wissen, was sie tun. Und tun es trotzdem.«

Wieder hustete er, zog aber an der Zigarre, daß sie Funken sprühte.
»Und du, Philipp, mein Sohn, weißt du, was du tust? Heut morgen ist ein Maurer von einem der hohen Gerüste gestürzt.«
Philipp sperrte Mund und Nase auf und starrte den Vater an wie ein Irrer. Der hustete – oder sollte es ein Lachen sein? Noch saß ein Rest von Lachen in seinen Runzeln; er streichelte Philipp die Backen, was er sonst niemals tat:
»Gut, Philipp; nicht schlecht, ein Maurer weniger, was? Aber schließlich werden die Häuser doch alle fertig und zuerst das Erdgeschoß mit den Läden. Willst du mir eine Flasche Schnaps verkaufen?«
Wie betäubt entschwebte Philipp hinter die Treppe und holte eine Flasche Schnaps. Der Vater erhob sich und kippte die Flasche wie die Maurer, wenn sie einander zutrinken:
»Prost, Philipp, du verstehst zu verkaufen, du wirst ein richtiger Kaufmann, gerade wie dein Vater, nicht? Vergiß nicht, sie auf die Rechnung zu setzen.«

V

Schon am Abend vor der Eröffnung gab es ein Gedränge vor den festlich erleuchteten Fenstern des neuen Ladens, in denen der Laden selbst als Reklame ausgestellt war, sie strotzten von Waren, die man in dieser Gegend noch nie gesehen hatte; denn der alte Kaufmann hatte sie ja für unnötig gehalten. Am Morgen regnete es, da mußten die Regenmäntel her; niemand blieb daheim. Der alte Kaufmann stand in seinem grünen Kittel vor seiner Tür, durchfurcht und weißhaarig, doch mit funkelnden Augen. Seine alten Kunden grüßten ihn verlegen, aber sein Blick ging geradeswegs durch sie hindurch, und er grüßte sie nicht wieder. Viele von ihnen schlichen sich beschämt nach Hause. Als sie aber glaubten, er sei fort, kamen sie wieder zurück, indessen stand er unerschütterlich dort, vom Regen durchnäßt. Schließlich konnten sie nicht länger warten: »Wir müssen ins Trockene«, sagten sie laut zueinander und strömten in den Laden. Da gab es Bedienung für alle; denn alle bedienten sich ja selbst und nahmen sich die Waren, nach denen es sie gelüstete und auf die ihre Aufmerksamkeit durch bunte Reklamen gelenkt wurde. Höfliche Geschäftsleute bewegten sich zwischen den Kunden, verbeugten sich und gaben Auskunft; der Kaufmann meinte, den Verkäufer aus der Musikalienhandlung unter ihnen zu erkennen, vor allem aber erkannte er den Ladeninhaber wieder; der saß am Eingang, den Hut im Nacken, und kassierte lächelnd das Geld ein. Alle bezahlten mit Vergnügen, denn alle Waren kosteten bei ihm weniger als bei dem alten Kaufmann; und trotzdem wurden ihre Rechnungen größer: jetzt durften sie ja Dinge kaufen, die sie nicht brauchten.

Im Kaufladen waren keine Kunden. Philipp trippelte nervös um die Ladentische und bis vor die Treppe, um nach dem neuen Geschäft auszuspähen, die hohen Häuser verbargen es aber, und er konnte nur die vielen Leute in ihren Regenmänteln sehen. In seiner Herzensnot holte er seine Trompete und setzte sich auf den Ladentisch, um zu blasen. Vielleicht hatte Rosa es gehört, plötzlich stand sie vor ihm; Philipp legte verwirrt die Trompete weg, um die Hände zum Bedienen frei zu haben. Aber Rosa verlangte nichts, sie sah ihn nur so sonderbar an, als erwarte sie, von selber zu bekommen, was sie haben wollte. Und er sah sie immerzu an, um zu ergründen, was das wohl wäre, und plötzlich war es ganz nahe und ebenso plötzlich wieder verschwunden. Voller Kummer mußte er sich eingestehen, daß er die Weisheit seines Vaters nicht geerbt hatte; alles im ganzen

Laden dünkte ihm armselig gegenüber dem Wunsch in Rosas Augen. Und zum ersten Mal kam ihm der Gedanke, und er erschrak dabei: vielleicht war ein neuer Laden voller neuer, wunderbarer Waren vonnöten gewesen ...
Aber Rosa machte seine Zweifel zunichte.
»Ich wollte nicht in dem neuen Geschäft kaufen, ich will nur bei dir kaufen; denn du bläst so schön Trompete. Wie heißt du?«
Philipps Herz pochte in steigendem Glück, und Schmerz zerriß es zugleich, weil er ihre einfachsten Fragen nicht zu beantworten vermochte. Er führte seine zitternde Hand zum Mund, um anzudeuten, daß er stumm war, Rosa aber mochte diese Bewegung mißverstanden haben und meinen, er wolle einen Kuß haben. Sie schlang ihm beide Arme um den Hals, und er zögerte nicht, ihr die seinen um den Hals zu schlingen, und im nächsten zitternden Augenblick drückte er den ersten, heißesten Kuß seines Lebens auf ihre Lippen. Der Ladentisch stand störend zwischen ihnen; von neuer Kraft beseelt wollte Philipp über ihn hinwegspringen, ohne den Kuß zu unterbrechen, was nahezu unmöglich ist: die Theke stürzte um, Rosa sprang zurück, damit ihr die Beine nicht zerquetscht wurden. Diesem Schicksal entging sie glücklich, verlor aber das Gleichgewicht. Sie stolperte und fiel mit einem durchdringenden Schrei zu Boden. Augenblicklich war Philipp bei ihr, um zu sehen, ob sie etwa Jod brauche, aber äußerlich war kein Blut zu sehen; er konnte nichts anderes tun, als sich tröstend neben sie zu legen. Sie küßten einander jetzt weit unbekümmerter; denn es war unmöglich, noch weiter zu fallen.
So lagen sie lange; sie merkten kaum, daß die Tür aufging, und daß ein Mensch über sie hinwegschritt, obwohl sie doch zwei waren. Erst als Schritte auf der Treppe ertönten, regelmäßig, wie das Stampfen einer Maschine, fuhr

Philipp hoch und sah, daß es der Vater war. Da ließ er Rosa los, zupfte seine Hose zurecht und lief mit schwankenden Schritten hinter dem Vater her. Wie aus den Wolken gefallen griff Rosa nach der Trompete und versuchte darauf zu blasen, aber es kam nur ein falsches Wimmern heraus, und sie gab es gleich wieder auf.

Droben im ersten Stock befestigte der Kaufmann ein mächtiges Reklameplakat mit Reißzwecken an der Wand, die weiße Rückseite nach außen, und malte mit großen, klobigen, blutroten Buchstaben darauf: Gratisabgabe an alle Armen! Hinter ihm stand seine Frau und rang die mageren Hände, aber es half nichts. Ohne Rücksicht auf seine Nächsten nahm er sein umgedrehtes Plakat und ging hinaus, um es an die Fensterscheibe des Ladens zu kleben. Am nächsten Tage gab es vor dem alten Laden ein noch größeres Gedränge als vor dem neuen.
Von nah und fern kamen die Bettler in zerrissenen Lumpen, barfüßige Kinder, Frauen mit Kinderwagen, in denen ihre gesamte Habe weniger Platz beanspruchte als ihre Kleinen, sogar Säufer scheuten den weiten Weg von der Innenstadt nicht, obwohl ihnen das Laufen schwer fiel. Der Kaufmann gab ihnen, was sie seiner Meinung nach brauchten, nur Bier und starke Getränke behielt er für sich, was manchem dieser Trunkenbolde Scheltworte entlockte. Aber die allermeisten seiner seltsamen Kunden weinten vor Freude über seine Geschenke, sie küßten seine großen Hände, dankten ihm für sein nobles Verhalten und behaupteten, er sei der beste Mensch von der Welt. Der Kaufmann bediente sie alle eigenhändig, seine Frau durfte ihm nicht helfen, was sie doch sonst während des Weihnachtsgeschäftes immer getan hatte, und jetzt war der Trubel noch weit größer. Und Philipp – er durfte im Laden Trompete blasen.

»Spiel uns eins auf«, sagten die Armen und baten darum, einen alten Walzer aus ihrer Jugendzeit hören zu dürfen. Philipp schüttelte erschrocken den Kopf; er kannte den alten Walzer ja nicht, der Kaufmann aber mahnte, ohne ihn anzusehen, um so eindringlicher: »Spiel, Philipp, spiel nach Herzenslust, wozu hast du deine Trompete, warum soll ein Kaufmann seinen besten Kunden nicht eine Freude machen?«
So mußte Philipp spielen; alle hatten einen musikalischen Wunsch, und er mußte sie alle erfüllen, sogar mehrere zu gleicher Zeit, weil die Wünsche so zahlreich waren. Ihm war, als müsse er nicht nur den Atem, sondern auch den Verstand verlieren; sobald er jedoch die Trompete absetzte, rief der Kaufmann über allen Lärm im Laden hinweg: »Spiel weiter, Philipp, es ist ja doch dein höchster Wunsch, Musikant zu werden. Übung macht den Meister!«
Und Philipp blies, und die armen Leute, die bessere Tage gesehen hatten, faßten einander bei den Händen und schwangen die Beine, und alsbald war der Tanz in vollem Gange, er fegte nur so durch das alte Lokal und warf um, was am Boden stand, wo bereits der eine der beiden Ladentische umgestürzt lag.
Draußen standen die alten Kunden des Kaufmanns und sahen erschrocken zu, beschämt, daß sie ihn im Stich gelassen hatten, zugleich auch ein wenig neidisch, daß sie jetzt nicht dabei sein konnten, wo es so lustig zuging. Die Beherztesten unter ihnen verabredeten, hineinzugehen und den Kaufmann zu bitten, er möge das Treiben beenden. Sie wollten auch immer seine alten Kunden bleiben, selbst wenn sie aus purer Neugier einen einzelnen Besuch – oder einige einzelne Besuche – in dem neuen Geschäft gemacht hätten. Doch sobald sie auch nur die Nase zur Tür hineinsteckten, erkannte der Kaufmann sie und donnerte voller Zorn: »Hinaus!«

Und sie gingen verzweifelt wieder fort, während der wilde Tanz zu den Klängen von Philipps armer Trompete durch den Laden jagte.
Als alles verteilt war, stand immer noch eine große Schar von armen Leuten draußen vor dem Haus. Teils waren viele zusammengeströmt, die noch nichts bekommen hatten, teils stellten sich solche, die bereits etwas gekriegt hatten, am Ende der Schlange wieder an, weil sie noch ein bißchen dazu haben wollten. Und als der Kaufmann die Tür schloß, stießen sie die schrecklichsten Verwünschungen und Flüche gegen ihn aus, und seine Fensterscheiben zersplitterten unter harten Steinwürfen. Er saß leichenblaß mit blutunterlaufenen Furchen oben im ersten Stock. Philipp hörte nichts, er war nach seinem furchtbaren Spiel in einen betäubenden Schlaf gefallen. Die Mutter lief jammernd vom einen zum andern, am häufigsten jedoch zu Philipp; sie legte ihm nasse Tücher auf die Stirn, und in ihrer Benommenheit sogar auf die glühende Trompete.
Die Armen zerstreuten sich nicht, bevor die Polizei eingriff.

Drei Tage lang ließ sich der Kaufmann vor den Leuten nicht blicken und sprach mit seiner Familie kein Wort. Am vierten Tage stellte er eine Leiter ans Haus und entfernte einige der Buchstaben, die zusammen das Wort Kaufhaus bildeten, so daß nur noch -haus übrig blieb. Dann ging er in seinen alten Laden und räumte auf. Der eine Ladentisch war bereits umgestürzt, nun stürzte er auch den anderen um und warf beide hinaus. Dann holte er alle Stühle von oben herunter, so daß Frau und Sohn aufstehen mußten, und stellte sie unten im Laden auf. Danach stieg er wieder auf die Leiter und nagelte mit heftigen Hammerschlägen neue Buchstaben an die Mauer. Jetzt stand ›Wirtshaus‹ da.
Am Abend war das Haus wieder geöffnet, und zwar nach

der Geschäftszeit, denn jetzt war es ja ein Wirtshaus. Die alten Kunden, die es bereut hatten, den alten Kaufmann im Stich gelassen zu haben, und die zugleich ein Wirtshaus immer vermißt hatten, kehrten zurück, nickten der früheren Umgebung wehmütig zu und bestellten Bier und Schnäpse. Und der Kaufmann, der sich nun Wirt nennen ließ, brachte ihnen alles, was sie nur begehrten; er hatte seinen grünen Kittel abgelegt und trug eine alte mottenzerfressene Kellnerjacke.

»Wollen wir nicht ein Tänzchen machen, du hast ja einen Musikanten im Hause?« schlugen die Stammgäste am späteren Abend vor, als sie sich Mut angetrunken hatten und das Bedürfnis fühlten, die schlappen Beine zu rühren.

»Gewiß, gewiß«, entgegnete der Wirt und rief: »Philipp!«

Philipp kam nicht. Da polterte er die Treppe hinauf, um ihn zu holen, doch oben auf dem Treppenabsatz stand seine Frau und reckte ihre Arme nach beiden Seiten aus in einem jämmerlichen Versuch, sich breit zu machen.

»Ich verlange, daß Philipp in der Schankstube aufspielt.«

Die kleine Frau senkte den Kopf wie eine Geiß, die stoßen will; das tat sie aber nur, um ihre Stimme in die Gewalt zu bekommen, und als das gelungen war, sprach sie so kräftig, daß der Mann sie ungläubig anstarrte:

»Ich sehe schon, was du willst und immer gewollt hast: wir alle sollen dir immer nur gehorchen. Sieh her, was dein eigener Sohn auf ein Blatt Papier geschrieben und auf den Tisch gelegt hat, weil er es dir nicht selber zu geben wagt!«

Jetzt sprach sie wieder mit ihrer gewohnten hohen, dünnen Stimme, während sie ihrem Mann das Papier hinreichte, auf das Philipp mit seiner allerschönsten Schönschrift geschrieben hatte:

›Vater! Man kann den Menschen nicht verweigern, wonach es sie gelüstet, wenn man ihnen nicht schenken kann, was sie brauchen. Mein höchster Wunsch ist, zu heiraten und ––––‹

Der Vater riß das Papier in Stücke; ohne ein Wort zu sagen stapfte er die Treppe hinunter, ergriff eine Flasche Schnaps und verkündete, während er noch ein paar Stufen über den anderen stand:
»Mein Sohn ist zu fein, um euch aufzuspielen. Aber haltet euch an mich – ich schenke euch alles, was ihr braucht – und noch mehr dazu!«
Und er lachte heiser und ging rings umher und schenkte alle Gläser voll und verlangte sofortige Bezahlung.

Am nächsten Tage fuhr der Kaufmann mit Philipp zum Hafen. Auf der Treppe stand weinend die Mutter, auf der Straße stand auch Rosa. Philipp war leichenblaß, obgleich er seine Trompete bei sich hatte. Im Wagen fiel kein Wort, als sie aber durch das Hafenviertel fuhren, steckte der Vater den Kopf aus dem Fenster und grüßte jedermann. Er ging an Bord eines großen Luxusdampfers, der gerade im Hafen lag, und wechselte ein paar Worte mit einem uralten Obersteward, den er von alters her kannte; dieser versprach, Philipp gegen freie Kost als Trompeter ins Schiffsorchester aufzunehmen. Als der Vater ohne Abschiedsgruß davonging, stand Philipp und flennte, obwohl er dafür eigentlich zu alt, ja schon im heiratsfähigen Alter war.

Das Wirtshaus hatte gute Tage, bald gab es Stammgäste genug, um das Erdgeschoß und den ersten Stock zu füllen, auch die Wirtin mußte mit bedienen; sie hatte strenge Weisung, alles zu servieren, was die Kunden wünschten, und wenn sie noch so betrunken waren, aber sie mußte Vorausbezahlung verlangen. Viele der festen Gäste waren Maurer; denn ständig wurden neue Häuser gebaut, viele von ihnen verbrachten ihren Feierabend im Wirtshaus und zechten die ganze Nacht hindurch, um am nächsten Tag von einem der hohen Gerüste zu fallen. Die Wirtin weinte jedesmal, wenn sie davon hörte, ihre Augen wurden immer größer, um Platz für die Tränen zu haben, und füllten bald das ganze Gesicht aus; die Kleider hingen ihr schlotternd am Leibe wie ein Gespenstergewand. Der Wirt lachte und trank mit seinen getreuen Kunden, er war der einzige, der nie voll war. Das Bier stieg ihm nicht zu Kopfe, es blieb in seinem Bauch; bald sprengte es seine Kellnerjacke, die Weste, das Hemd und die wollene Unterjacke, so daß seine behaarte Brust zum Vorschein kam.

So konnte es nicht lange gehen. Er wurde zu dick und sie zu dünn, um am Leben zu bleiben. Bevor sie aber starben, begab es sich doch noch, daß sie eine einzige Karte von Philipp bekamen. Die Mutter las sie zuerst, denn sie kannte den Briefträger besser; sie war in dem fremden Erdteil abgeschickt, aus dem sie selber stammte, und als sie auf der Briefmarke ihre Muttersprache entdeckte, schien es, als wären ihre Augen zu klein.

»Wie soll er nur in einer fremden Welt durchkommen,« fragte sie mit hoher, dünner Stimme, »ich habe ihm doch nie die Sprache beigebracht.«

»Philipp – der spricht alle Sprachen gleich gut!« rief ihr Mann und riß ihr die Karte aus der Hand. Als er aber las, daß Philipp an Land gesetzt worden war, weil er nie spielen wollte, was die vornehmen Reisenden zu hören wünschten, kehrte er seiner Frau den Rücken. Er senkte den Kopf, richtete ihn jedoch mit einem Ruck wieder auf und sagte mit leiser, sehr heiserer Stimme:

»*Mein* Sohn!«

Der unbekannte Baum

Der König hatte so viel zu tun, daß er keine Zeit fand, seinen Garten zu besorgen, und einen Gärtner anstellen mußte. Ihn hatte er aus hundert Bewerbern ausgewählt, und er war in seinem Fach so tüchtig, daß er sich selber Latein beigebracht hatte, um die Pflanzen bei ihrem richtigen Namen nennen zu können. Wenn seine großen Hände die Erde nur berührten, war es eine Liebkosung, die der Boden sogleich mit Blumen beantwortete, und allmählich gab es im Garten des Königs eine solche Menge Blumen, daß die Erde zwiefach gedüngt werden mußte, um sie tragen zu können. Und dennoch war in dieser Blütenfülle nicht eine einzige Blüte, die nicht genau die satte Farbe und genau den schönen Duft besaß, den sie haben sollte.

Im Garten aber wuchs ein Baum, dessen hoher Stamm zugleich zottig und glatt von Moos war, dessen Krone jedoch vom ersten Frühjahr bis in den frühen Winter voll weißer Blüten stand. Sie hatten im Sonnenschein einen so wundersamen Schimmer, daß er die Sonne fast verdunkelte. Dieser Baum war die große Seltenheit des Gartens; denn er wuchs sonst nirgends auf der ganzen Welt, und doch redete der Gärtner nicht davon. Er kannte nämlich den lateinischen Namen des Baumes nicht und empfand das selbst als einen Mangel an fachlicher Bildung. Doch seine Pflanzen, die ja gar nicht seine eigenen waren, liebte er so innig wie seinen Sohn.

Diesen Sohn hatte er natürlich dazu erzogen, einmal sein Nachfolger als königlicher Hofgärtner zu werden – und das mit so großem Erfolg, daß sich die weiche Nase des Knaben bei jeder Pflanzenart von selber auf eine ganz bestimmte Weise kräuselte, wenn sie den Duft ihrer Blüte einsog. Dennoch lief der Junge immer mit mißmutigem Gesicht herum, vielleicht, weil er wegen der vielen Blumen im Garten nicht Ball spielen konnte. Aber obwohl ihm der Gärtner täglich erlaubte, auf die Straße zu gehen und dort Ball zu spielen, lief er immer im Garten des Königs umher und rümpfte jeden Augenblick die Nase auf eine ganz neue Art und Weise. Nur wenn er zu dem unbekannten Baum kam, dem einzigen Baum, auf den zu klettern sein Vater ihm verboten hatte, wurde seine Nase unsicher und bewegte sich wie ein unruhiger Puls, so seltsam war der Duft der schneeweißen Blüten.

Eines schönen Tages entdeckte der Gärtner, daß sein Sohn verschwunden war. Zuerst glaubte er, er habe sich wirklich einmal entschlossen, auf die Straße hinauszugehen und Ball zu spielen, aber dort war nichts anderes zu sehen als die Pferdeäpfel, die das Roß vor der Kutsche des Königs jeden Tag draußen vor dem Garten fallen ließ, damit der Gärtner sie leicht mit seiner Schaufel aufnehmen und als Dünger im Garten verwenden konnte. An diesem Tage war der Gärtner jedoch über das Verschwinden seines Sohnes so beunruhigt, daß er die gelben Äpfel liegen ließ und sich daran machte, zwischen den Blumen seines Gartens nach ihm zu suchen, obschon dort für den Jungen kaum Platz war. Er fand ihn denn auch nicht.

Da hörte er endlich die Stimme seines Sohnes, die er so gut kannte, daß sein Herz jedesmal, wenn er sie vernahm, auf eine ganz bestimmte Art zu schlagen begann. Jetzt aber klang sie so wunderbar schön, daß sein Herz in einer ganz neuen Weise erzitterte. So schnell ihn seine Beine tragen konnten, eilte er zu dem unbekannten Baum, ja, er lief sogar quer über ein schönes Blumenbeet. Aus der Krone des Baumes blitzten die Augen des Knaben zwischen den leuchtenden Blüten hervor.

»Aber Junge,« rief der Gärtner, »wie hast du es nur fertiggebracht, an diesem schlüpfrigen Stamm hinaufzuklettern?«

»Ich hab mir vom Telefonarbeiter ein Paar Steigeisen geborgt«, antwortete der Junge stolz von oben herunter. Sein Vater war von dem sonderbaren Duft der Blüten bereits halb betäubt, fast war es ihm, als müsse er ohnmächtig werden. Aber er wollte seinen Sohn erst herunterhaben und rief in großer Beklemmung: »Komm herunter, Junge, ehe du fällst und dir den Hals brichst.«

»Ich kann nicht,« entgegnete der Junge, »ich habe die Steigeisen abgeschnallt und hinuntergeworfen, um die Blüten nicht damit schmutzig zu machen.«

Der alternde Gärtner vergaß, ohnmächtig zu werden, weil er nach den Steigeisen suchen wollte. Selbst als sich Dunkelheit so schwer auf seine Augen gesenkt hatte, daß er nichts mehr sehen konnte, suchte er weiter, um keine Zeit zu verlieren. Aber sie waren nirgendwo im Garten zu finden. Da grub er in der Erde nach und suchte sie dort; als er sie jedoch endlich tief unter dem unbekannten Baum gefunden hatte, da war sein Sohn so hoch über ihm, daß seine Arme die Eisen nicht zu ihm hinaufwerfen konnten.

»Ach, mein Junge,« klagte er, »bin ich denn so alt, daß ich die elenden Eisen nicht ebensoweit hinaufwerfen kann wie du sie mühelos herunterwerfen konntest?«

»Laß gut sein, alter Vater, ich sitze herrlich hier oben.«

»Du dummer Junge,« rief der Gärtner mit zorniger Stimme, »wenn es friert und die Krone ihre Blätter verliert, fällst du doch herunter und brichst dir den Hals.«

»Das macht nichts, dann mußt du nur die Erde begießen, wo ich hinfalle, und ich werde mit einem blühenden Baum hochwachsen und im Wipfel sitzen und singen.«

»Dummes Zeug«, sagte der Alte, und weiter wußte er nichts mehr zu sagen.

Als der Frost kam und der reine Schnee fiel, begannen auch die Blätter des unbekannten Baumes zu fallen; sie lagen auf dem Schnee und leuchteten so, daß der weiße Schnee daneben fast schwarz aussah. Doch als das letzte Blatt gefallen war, gab es nichts mehr, was den Jungen hätte oben halten können, und so stürzte auch er mit solcher Wucht herab, daß er im Erdboden verschwand. Der alte Gärtner weinte und wollte die Leiche seines Sohnes ausgraben, aber die Erde war so hart gefroren, daß kein Spaten in sie einzudringen vermochte. Da redete er lange mit sich selber, was ja zu seinem Alter nachgerade paßte, auch hatte er keinen anderen, mit dem er reden konnte.

»Den Boden begießen, du dummer Junge, was sollte das schon helfen? Das Wasser würde sofort zu Eis gefrieren.«

Trotzdem begoß er den Boden, wie sein Sohn es ihm geraten hatte. Er wärmte das Wasser vorher und hoffte, das heiße Wasser werde dann das Eis schmelzen.

Da schoß ein unbekannter Baum so rasch empor, daß der Knabe, der in seiner Krone saß, im Vorbeigleiten noch nicht einmal die zitternde Hand seines Vaters drücken konnte. Eine Wolke wundersam duftender Blüten trug ihn bis in den Himmel hinauf, emporgehoben von einem hohen Stamm, der so schnell wie eine Explosion aus dem Boden aufschoß; denn er war von dem Moos so glatt, daß der Reibungswiderstand sehr gering war. Und der Baum stand neben dem alten, der zweite seiner Art in der Welt und dazu der höchste der Art, voller Blüten mitten im kalten Winter, so leuchtend in der Wintersonne, daß der Knabe glückselig sang, obwohl er immer noch sommerlich gekleidet war, in kurzen Hosen und ohne Hemd.

»Komm herunter, Junge,« rief der Vater, »du weißt ja, wie es geht, du fällst herunter und brichst dir den Hals wie letztes Mal.«

»Das macht nichts,« antwortete der Knabe, während er seinen Gesang unterbrach, »ich kenne mich ja aus; du brauchst nur den Boden dort zu gießen, wo ich hinfalle, dann werde ich mit einem blühenden Baum aufwachsen und in der Krone sitzen und singen.«

»Wie du nur so reden kannst«, brummte der alte Gärtner. »Wirst du denn nie vernünftig werden?«

Den ganzen wetterwendischen Frühling und den ganzen warmen Sommer über sang der Knabe in der Krone des Baumes, und die beiden unbekannten Bäume dufteten so, daß allen Menschen auf eine Meile im Umkreis davon in ihren Nasen ganz sonderbar zumute wurde. Alle wallfahrteten zu den beiden Bäumen, die die Seltenheit im Garten des Königs waren, ja, selbst der König, der soviel zu tun hatte, kam in seiner Kutsche angefahren und gönnte sich so viel Zeit, daß er seinem tüchtigen Gärtner nicht nur einen Orden verlieh, sondern ihn auch freundlich nach seinem Sohn fragte.

»Ach, Herr König,« antwortete der Alte mit Tränen in den Augen, »er klettert von morgens bis abends in die Bäume, ich habe keinen ruhigen Augenblick, er hat sich schon einmal den Hals gebrochen.«

Da lachte der König und schlug dem alten Gärtner auf die Schulter:

»Jungens in dem Alter bringen alles fertig. Auch der Kronprinz hat es mehr als einmal mit einem gebrochenen Schlüsselbein büßen müssen, daß er sich zu hoch in die Birnbäume meiner Frau gewagt hat. Es ziemt sich nicht, von mir selber zu reden. Aber wenn man noch ein Knabe wäre und solche Bäume zur Verfügung hätte! Ja, und was ich fragen wollte, wie heißen sie doch auf lateinisch?«

Da stand nun der alte Mann, der Hofgärtner geworden war, weil er alle lateinischen Namen kannte – und just von dem

Baum, der bei dem König in höchster Gunst stand, wußte er den Namen nicht! Und da er fürchtete, entlassen und von seinem Sohn getrennt zu werden, wenn er seinen Mangel an fachlicher Bildung eingestand, entgegnete er mit leiser Stimme, so, als schäme er sich, seine Gelehrsamkeit zu verraten: »Arbor incognita.« Dies aber war nicht der Name des Baumes, es sagte nur, daß sein Name unbekannt war.

»Ja, Ihr seid mir ein Kerl«, antwortete der König befriedigt.

Als der König gegangen war, trat der alte Gärtner unter den unbekannten Baum und rief:

»Der König hat nach dir gefragt. Du mußt augenblicklich herunterkommen!«

»Wie soll ich denn herunterkommen?« rief der Knabe zurück. Da seufzte der Alte, denn er wußte keine Antwort.

Als es aber auf den Herbst zuging und die ersten Blätter fielen, suchte der Gärtner den Branddirektor auf, nicht, um eine Feuerleiter zu borgen; denn keine Leiter war so hoch wie die unbekannten Bäume, sondern um ihn zu bitten, vier Feuerwehrleute mit einem Sprungtuch zu schicken, in das sein Sohn abspringen könnte. Der Branddirektor aber konnte seine Zustimmung hierzu nur geben, wenn im Baum Feuer ausgebrochen war, und obwohl der Gärtner zuletzt auf beiden Knien vor ihm lag und weinte und flehte, vermochte der Branddirektor die Anordnungen nicht aufzuheben, die ein für allemal im Brandgesetz standen und die einzuhalten er verpflichtet war.

Auf dem Heimweg kaufte sich der Gärtner die größte Axt, die er bekommen konnte; denn jetzt wollte er den Baum fällen. Er wußte wohl, daß es die schwerste Arbeit seines Lebens werden würde; denn der Stamm war glatt und dick, und wer würde es wagen, den Baum fällen zu helfen, der in der Gunst des Königs stand?

»Hau den Baum nicht um,« rief der Knabe, als er den Vater mit der mächtigen Axt kommen sah, »er wird stürzen und alle deine Blumen zerschlagen.«

»Die Blumen müssen ohnehin sterben; denn die Luft ist so voll, daß sie ihren Duft nicht mehr ausströmen können«, sagte der Gärtner und schlug zu. Aber die Axt glitt an dem glatten Moos ab und beschädigte mehr die Luft als den Baum.

»Vater, schlag nicht, der König wird dich entlassen, und wovon willst du dann leben?«

»Ich bin es nicht mehr wert, des Königs Gärtner zu heißen, denn ich habe vor seinen Ohren gelogen.«

Und der Gärtner schlug wieder zu, und die Axt drang so tief in den Stamm ein, daß er sie nicht wieder herausziehen konnte.

Da rief der Knabe so verzweifelt, daß alle Vögel im Garten schreiend davonflogen:

»Vater, Vater, schlag nicht, der Baum wird stürzen, und ich werde hinunterfallen und mir den Hals brechen.«

»Jungens in deinem Alter bringen alles fertig, und du kennst dich ja aus.«

Und der Gärtner zerrte an seinem Axtstiel und der löste sich schließlich mit solchem Schwung, daß er hintenüber zwischen die Blumen fiel, und einige blieben in seinem Haar hängen, als er sich erhob, um weiterzuhacken. Die ganze Nacht hindurch schlug er – und dabei brauchte er die halbe Zeit dazu, die Axt wieder herauszuziehen, wenn sie erst einmal eingedrungen war. In einer diesigen Morgenstunde stürzte der Baum, und der Knabe schrie so herzzerreißend, daß des alten Gärtners Herz ganz zu schlagen aufhörte. Doch lief er den langen Weg an dem gestürzten Baum entlang und blieb erst bei dessen Krone stehen. Da lag ein wundersam duftender Berg von weißen Blüten, er legte sich darin auf die Knie und schob trotz seines Eifers die wei-

ßen Blätter behutsam beiseite, um seinem Sohne nicht etwa die Augen auszukratzen.
Zu allerunterst – dort, wo die Blütenblätter den Sturz nicht mehr hatten mildern können – lag der Knabe mit gebrochenem Hals. So schnell war sein Vater auf den alten Beinen gelaufen, daß das warme Blut aus der großen Wunde noch nicht ganz verströmt war.
Leute aus nah und fern hatten den furchtbaren Schrei und das gewaltige Krachen beim Sturz des Baumes vernommen; sie kamen in großen Scharen herbeigelaufen, sogar der König kam in seiner Kutsche angefahren und ließ nicht einmal dem Pferd Zeit, seine gelben Äpfel an der gewohnten Stelle vor dem Garten zu verlieren. Alle wichen vor der Kutsche des Königs ehrerbietig zur Seite, und als er heraussprang, fingen einige an, hurra zu rufen.
»Was habt Ihr mit dem Arbor incognita gemacht?« rief der König ärgerlich.
»Nichts, Herr König«, flüsterte der Alte, während ihm die Tränen über die Wangen liefen. Da biß sich der König auf die Lippen und schwieg; ihn und alle die Leute dauerte der alte Mann, der nach Art der Geisteskranken Blumen im Haar hatte. Obwohl der Gärtner sich eine Majestätsbeleidigung hatte zuschulden kommen lassen, erbot sich der König, ihn in der eigenen Kutsche zur Untersuchung seines Geisteszustandes zu fahren; alle wichen ehrerbietig zur Seite und riefen hurra!
Die Untersuchung seines Geisteszustandes war an dem Tage, da der einzige Sohn des Gärtners auf dem Kirchhof begraben werden sollte, noch nicht abgeschlossen, und doch erhielt der Gärtner die Erlaubnis, am Begräbnis teilzunehmen. Als er an dem offenen Grabe stand, in dem sein Sohn lag, nur spärlich von drei Schaufeln Erde bedeckt, merkten alle, wie es um ihn bestellt war: denn mit lauter,

bebender Stimme bat er den Totengräber, einen Kessel warmes Wasser zu holen, bevor er das Grab zuwerfe. Der Totengräber schüttelte den Kopf, doch nicht, um nein zu sagen; fragend blickte er auf den König, der persönlich zugegen war, und der König nickte, während er schief zu Boden sah und die Lippen fest aufeinanderpreßte.
Der Kessel wurde dem Alten gebracht, und seine Hände zitterten so, daß das Wasser aus der Schnauze schwappte; doch als der erste Guß den Knaben im Grabe traf, schoß eine blendende, duftende Wolke an den erstaunten Augen aller vorbei, von einem glatten bemoosten Stamm so hoch zum Himmel emporgetragen, daß kein Blick den Gipfel zu erreichen vermochte. Und ein wundersamer Duft verbreitete sich über den Friedhof.
»Er lebt«, rief der alte Gärtner, während er auf die Knie sank und sein Gesicht ganz in seinen großen Händen verbarg.
Alle blickten mit einem Lächeln zur Seite und wußten nichts zu sagen. Wie recht und billig, war es nun der König, der das duftende Schweigen brach; er räusperte sich wiederholt und sagte dann:
»Dies scheint *noch* ein Arbor incognita zu sein.«
Diese Worte brachten die Zeitungen am nächsten Tage auf der ersten Seite, doch brauchten sie nicht soviel Raum dafür, daß nicht auch noch für einen Bericht über den alten Gärtner Platz geblieben wäre. Es habe sich zwar als notwendig erwiesen, ihn als Gärtner in des Königs Garten abzusetzen, aber wegen seiner großen Tüchtigkeit im Latein habe ihm der König die Stellung als Gärtnergehilfe auf dem Kirchhof gnädigst verliehen.
Der Friedhofsgärtner war nicht von ungefähr Gärtner auf einem Kirchhof; er war ein guter Mensch, der von dem Alten nichts verlangte, sondern ihn tun ließ, was er wollte.

Und jeden einzigen Tag konnte man den dahinsterbenden Gärtner vom Morgen bis zum Abend den duftenden Baum auf seines Sohnes Grab begießen sehen, der so hoch oben im Himmel verschwand, daß kein Blick ihm zu folgen vermochte.
»Hört, er singt noch«, sagte er zu allen Leuten, die vorbeikamen, und sie nickten, während sie schief zu Boden blickten und ihre Lippen fest aufeinanderpreßten.

Die verschwundenen Briefe

Jedermann in der Stadt hatte es eilig, nur die Briefträger in ihren roten Uniformen gingen zu Fuß; denn es kam allmählich aus der Mode, Briefe zu schreiben, und sie hatten reichlich Zeit. Freilich war es primitiv, auf seinen eigenen Beinen zu gehen, und man lächelte ein wenig über die Briefträger und nannte sie Apostel, weil sie per pedes apostolorum gingen. Aber man lächelte ihnen auch zu – freundlich und ein wenig wehmütig, weil man wußte, daß man ihren Anblick bald würde entbehren müssen. Die Briefträger erwiderten das Lächeln, freundlich und ein wenig wehmütig, und da sie nichts anderes zu tun hatten, erwiesen sie sich ihren Mitmenschen gegenüber so hilfsbereit, daß es den meisten über den Verstand ging. Sie halfen den Hausfrauen beim Staubsaugen und beim Kochen, ja, bei der Beaufsichtigung der Kinder, sie halfen den Hausmeistern die Straße fegen und den Kehrichtleuten beim Ausleeren der schweren Mülltonnen, sie spielten Räuber und Soldaten mit den Knaben und genierten sich nicht einmal, mit den kleinen Mädchen auf einem Bein zu hüpfen. Darum waren die Briefträger in der Stadt so wohlgelitten, daß sogar Menschen, die in ihrer Boshaftigkeit einer Katze ein Leid antaten, einem Briefträger unmöglich ein Haar zu krümmen vermochten.

So ist es nicht verwunderlich, daß einer der letzten Briefträger der Stadt, ein sanfter, hilfsbereiter junger Mann, einen jungen Banditen, der ihm begegnete, vertrauensselig grüßte; wenn er ihn auch nicht kannte, so betrachtete er ihn doch sofort als Mitmenschen. Einen Augenblick sah es so aus, als sei der Kerl gekränkt und wolle nicht wiedergrüßen, und der Briefträger wollte schon betrübt weitergehen, da schlug ihm der Bandit kameradschaftlich, aber etwas derb auf die Schulter:

»Ach..«, sagte der Briefträger, und »Tach,« antwortete der Kerl mit einem Grinsen, »kannst du nicht mal mit mir in den Keller hinunterkommen und mir helfen, einen schweren Gegenstand wegzuschaffen?«
»Ja, gern,« sagte der Briefträger lächelnd, während seine Hand bedauernd auf seine magere Posttasche klopfte, »es täte mir mitunter gut, auch einmal etwas Schweres tragen zu müssen.«
»Go ahead, Apostel«, erwiderte der Bandit und wies mit dem Kopf barsch auf den dunklen Kellereingang. Doch während er hinter dem Briefträger die Treppe hinunterstieg, nahm er die Gelegenheit wahr, seine Hemdsärmel aufzukrempeln, und als der Briefträger unten angekommen war und sich umdrehte, um zu fragen, wohin er gehen solle, stand der Kerl mit fest geballten Fäusten und zusammengebissenen Zähnen da und brummte:
»Also her mit der Tasche!«
»Was für eine Tasche?« fragte der Briefträger und blickte sich einfältig um, so, als sei die genannte Tasche eben der erwähnte schwere Gegenstand, der weggeschafft werden sollte.
»Spiel mir bloß nicht den Dummen! Die Posttasche!«
»Die Posttasche? Ja, aber Geld ist nicht drin.«
»Geld, pah – Geld haben wir selbst genug. Die Briefe oder das Leben!«
Der Briefträger wollte gerade ein paar bedächtige Worte sagen, aber plötzlich hatte er den Mund voller Blut: der Kerl hatte ihm die Nase eingeschlagen. Der mißhandelte Mensch hielt seine dünne Tasche krampfhaft fest und stammelte, heulend wie ein Kind: »Es sind nicht deine Briefe – ich melde das der Polizei...«
Mehr zu sagen war ihm im Leben nicht mehr möglich. Der Bandit streckte ihn mit einem einzigen Schlage nieder und

leerte die Posttasche im Handumdrehen aus. Als er sah, daß sie nur einen einzigen Brief enthielt, sagte er »Idiot« zu dem Briefträger, der keine Antwort gab, dann versetzte er ihm einen Fußtritt, richtete seine Fliege und schlenderte davon.

Zwei kleine Jungen, die Luftalarm spielten, fanden die Leiche des Briefträgers und schleppten sie auf die Polizei, die eine umfassende Untersuchung einleitete. Man mußte annehmen, daß in der Tasche ein besonders wichtiger Brief gewesen war, den eine geheime Organisation in die Hand bekommen wollte, und die Polizei erkundigte sich bei sämtlichen lebenswichtigen Institutionen, ob man dort einen entscheidenden Brief vergebens erwartete. Überall wurde das mit höflichem, aber ein wenig verächtlichem Lächeln verneint; war es doch bei größeren Institutionen längst aus der Mode gekommen, Briefe abzuschicken oder zu empfangen. Die Polizei konnte mit Hilfe bewanderter Psychiater feststellen, daß der Mord an dem Briefträger nicht als Raubmord, sondern als Lustmord anzusehen sei. Dies aber vermochte die Öffentlichkeit, die ja eine besondere Vorliebe für Briefträger gefaßt hatte, keineswegs zu beruhigen. Sie verlangte, daß die Behörden den Tag der Beerdigung zum offiziellen Trauertag erklärten; kein Fahrzeug durfte schneller fahren als der Leichenzug, und der Friedhof wimmelte von schwarzgekleideten Menschen, die den Pfarrer über den Briefträger als einen Apostel des Herrn reden und ergreifend über ein Wort aus den Büchern Moses predigen hörten. »Und nun verflucht seist du auf der Erde ...«

Vom Friedhof zog man geschlossen zum Polizeigebäude und verlangte, daß die Polizei den Mörder umgehend ausfindig mache. Da die Polizei keinerlei Spuren besaß, denen sie hätte nachgehen können, mußte sie den alles enthüllenden Lügendetektor anwenden und sämtliche Mitbürger nach dem

Alphabet abhorchen; einer, dem das Herz am heftigsten klopfte, während er leugnete, den fürchterlichen Mord begangen zu haben, wurde sofort verhaftet und vor den Untersuchungsrichter gebracht.
Der verdächtige junge Mann war äußerst mürrisch; er stand mit schiefem Mund und scheelem Blick da und nahm nicht einmal die Hände aus der Tasche, als der Untersuchungsrichter mit dem Verhör begann, was ja doch seines Amtes war:
»Wissen Sie etwas von dem Mord an dem roten Briefträger?«
»Nee.«
»An welchem Tage wurde der Mord begangen?«
»Keine Ahnung.«
»Überlegen Sie genau! Was dachten Sie, als Sie von dem Mord hörten?«
»Gar nichts.«
»Das ist seltsam. Uns anderen allen hat der Mord einen so gewaltigen Eindruck gemacht, daß wir ihn nie mehr werden vergessen können. Wie wollen Sie es erklären, daß der Mord nur Sie ganz kalt läßt?«
Im Saal hörte man ein Murmeln der Bewunderung über den Scharfsinn des Untersuchungsrichters. Nur der Angeklagte warf den Kopf in den Nacken und schwieg.
»Hatten Sie bei dem Briefträger irgend etwas ausstehen? Brachte er Ihnen Ihre Briefe nicht rechtzeitig – wir wissen ja, daß die Briefträger viel anderes zu tun haben.«
Der Angeklagte zerbiß sich seine Lippen:
»Mir hat nie einer einen Brief geschrieben.«
»Und wollten Sie dann verhindern, daß andere Leute Briefe bekamen?«
»Nee. Deshalb war es nicht.«
»Sie geben also den Mord an dem roten Briefträger zu?«
»Zum Teufel, ja«, rief der Mörder, und unter Pfuirufen und

Blitzlicht wurde er abgeführt und auf vier Wochen eingesperrt.
Während dieser Zeit studierten die gelehrten Juristen den Fall in seinen Einzelheiten, die Öffentlichkeit aber war, trotz ihres Mangels an juristischer Bildung, weit rascher damit fertig, einen Standpunkt einzunehmen: wer in das Privatleben seiner Mitmenschen störend eingriff, teils, indem er sie ermordete, teils, indem er ihre Briefe raubte, der konnte in einer menschlichen Gemeinschaft selbstverständlich nicht leben, er mußte gerecht bestraft werden mit strengster Untersuchung seines Geisteszustandes und mit dem Tode.
Aber die Bewohner des Bezirks, in dem der ermordete Briefträger beschäftigt gewesen war, mußten sich schließlich Gedanken darüber machen, was das eigentlich für Briefe waren, die auf eine so bestialische Weise verschwunden waren. Die Hausfrauen öffneten ihre Fenster, um miteinander zu reden, und waren sich schnell einig, daß sie allesamt schon seit langem höchst wichtige Briefe erwartet hatten und daß die einzige Erklärung für deren Ausbleiben nur die sein konnte: dieser Bandit hatte sich ihrer aller bemächtigt. Auf private Initiative hin erging eine Umfrage an alle Haushaltungen, wie viele Briefe man nicht erhalten habe, und obwohl das natürlich nicht mit übertriebener Genauigkeit auszumachen war, konnte doch bald festgestellt werden, daß es sich alles in allem um mehrere tausend Briefe handelte. Auch in anderen Postbezirken wurden ähnliche Rundfragen vorgenommen, und es zeigte sich, daß man auch dort schlechthin unzählige Briefe vermißte. Junge Mädchen, die von ihren ausgewanderten Liebsten, die doch versprochen hatten zu schreiben, keine Nachricht bekommen hatten, fanden plötzlich die Erklärung dafür: die Briefträger waren längere Zeit hindurch ausgeplündert worden!

Ältere besonnene Bürger gaben den jungen Mädchen recht; sie erkannten mit einem Mal, wie völlig unwahrscheinlich es war, daß sie nie mehr Briefe bekamen, nachdem sie doch in ihrer glücklichen Jugendzeit fast jeden Tag Briefe bekommen hatten.

Es half nur wenig, daß führende Atomphysiker Bulletins ausgaben, in denen sie ihre Auffassung zur Sache äußerten – die eigentlichen Ursachen für den Verfall des Briefeschreibens müsse darin gesucht werden, daß jedermann allmählich seinen eigenen Haustelegrafen hatte und daß jetzt unter der ganzen Erde Kabel gelegt waren, durch die alles ohne Vermittlung der Post befördert werden konnte –, niemand mochte mehr darauf hören, was die Wissenschaft meinte. Es ließ sich auch nicht wegdisputieren, daß nach der Verhaftung dieses Banditen mehr Briefe abgeschickt und empfangen wurden als vorher, so daß die Briefträger nicht mehr die Zeit fanden, Staub zu saugen und auf einem Bein zu hüpfen, sondern gelbe Fahrräder benutzen mußten und darum nicht mehr Apostel genannt werden konnten.

Vor Gericht wurde der Mörder mit strengen Worten aufgefordert, zu bekennen, wo er die gestohlenen Briefe versteckt hatte. Der junge Mann beteuerte, in der Tasche sei nur ein einziger Brief gewesen, der nur ein paar Kinobillette enthalten habe; er habe sie in kleine Fetzen zerrissen, die sofort von dem heftigen Winde weggeweht worden seien. Der Staatsanwalt vermochte die Unwahrscheinlichkeit dieser Behauptung mit einer Handbewegung zu beweisen, und der Verteidiger erreichte nichts, indem er eine Erklärung des meteorologischen Institutes verlas, wonach es an dem Tage, an dem das Verbrechen begangen worden war, tatsächlich stürmisch gewesen war.

Da der widerspenstige Verbrecher sich nicht zu einem Geständnis bequemen wollte, wurden die Geschworenen un-

willig und verurteilten ihn zum Tode. Doch da erhob sich ein öffentlicher Protest gegen dieses Urteil, nicht etwa, weil die Öffentlichkeit Mitleid für den Mörder empfand, sondern weil es nach dessen Tode unmöglich sein würde, die Briefe aufzuspüren, die für so viele Menschen von entscheidender Bedeutung waren. So mußten sich die Geschworenen darauf beschränken, die zeitweise Wiedereinführung der guten alten Folter zu verlangen, damit der verhärtete Mensch dazu gebracht werden konnte, ein ehrliches Geständnis abzulegen. Und mit Billigung der gesamten Bevölkerung folterten die Behörden den Banditen, der trotz seiner Härte empfindlich genug war, sofort alles zu bekennen; als er aber dann aus den Schrauben gelöst wurde und die Stelle angeben sollte, wo die Post verborgen lag, stieß er unter gräßlichen Flüchen hervor, das wisse er nicht. Da wurden ihm die Schrauben noch fester angelegt, und er schrie, er wolle alles bekennen. Er nannte eine Stelle nach der anderen, ja, er ging zuletzt so weit, zu versichern, es gäbe keine Stelle in der Stadt, wo nicht Briefe versteckt seien. Und alle suchten überall und niemand fand etwas, und der Bandit lachte, als man ihm das sagte.
Da mußte man also mit so strengen Folterungen fortfahren, daß sogar die Henker der Folterbank den Rücken zukehrten, und der geräderte Verbrecher mußte seinen Trotz fahren lassen und eingestehen, daß er die Briefe auf dem feuchten Grunde des Meeres versteckt habe. Als man aber seinen Körper dazu bringen wollte, die genaue Stelle anzugeben, schwieg er; denn er war nicht mehr lebendig, was den Zorn der Henker so steigerte, daß sie die Folter verschärften, um ihn ins Leben zurückzuschrecken. Doch der Bandit ließ es trotzig bei seinem Tode bewenden.
Als dies in der Stadt ruchbar geworden war, wurde es in den Straßen so unruhig, daß niemand sein Haus zu verlas-

sen wagte; nur die Briefträger radelten umher mit Protestschreiben der Bürger an die Behörden, die es durch den Mord an dem Banditen verhindert hätten, daß die verschwundenen Briefe jemals wieder ans Tageslicht kommen konnten. Die Behörden aber waren auch nicht von gestern; sie baten die Briefträger herein, boten ihnen Kaffee und Kuchen und Zigarren an und fanden so genügend Gelegenheit, die wichtige Frage an sie zu stellen: ob sie jemals von dem verstorbenen Banditen überfallen oder ausgeplündert worden seien. Da sie es allesamt verneinten, konnte man am nächsten Tage eine offizielle Erklärung ausgeben, daß nicht ein einziger Brief verschwunden sei.

Diese Erklärung weckte den Zorn der Bürger, und um dagegen zu demonstrieren, zogen sie ihre schwärzesten Kleider an und begaben sich zur Beerdigung des ermordeten Mörders, obwohl die Vorschrift besagte, daß er in aller Stille begraben werden solle. Der Pfarrer, der selber viele Briefe vermißte, predigte mächtig über die Worte Moses: ›Wer Kain totschlägt, das soll siebenfältig gerochen werden‹, und seine Zuhörer brachen in begeisterten Beifall aus, so daß der Pfarrer fortfahren mußte und etwas aus den Briefen der Apostel zu verlesen begann. Damit war es so spät geworden, daß die Finsternis die Bäume auf dem Friedhof in unheimliche Gestalten zu verwandeln anfing; aber die Bürger wollten nicht gehen, ehe der Pfarrer die berühmten Worte zitiert hatte: »Heute noch wirst du mit mir im Paradiese sein.«

Gestärkt und erhoben machten sie sich auf den Heimweg, während die Sterne funkelten, und sie verabredeten freudig, daß sie sofort nach Hause gehen und alle die Briefe nochmals schreiben wollten, die sie in den letzten Jahren geschrieben hatten, die aber nicht an ihren Bestimmungsort gelangt waren.

Am nächsten Tage standen alle Fenster offen, die Menschen hingen heraus und betrachteten gespannt die Briefträger, die sich, mit dünnen Posttaschen auf dem Rücken, von jauchzenden Kindern zum Scherz überfallen ließen.

Die beiden Zwillinge

Schon damals, als die beiden Zwillinge ihre noch recht kleinen Köpfe aus dem Mutterleibe herausstreckten, gab es niemanden, der wußte, welcher von beiden welcher war, und es blieb seitdem ihr ständiges Los, verwechselt zu werden. Ihre Eltern hatten wohl den Wunsch, sie auseinanderzuhalten, ja, sie baten sogar den Pfarrer darum, den einen auf den Namen Jesper, den anderen auf den Namen Bernhard zu taufen; der Pfarrer jedoch fürchtete, er könne im Eifer des feierlichen Augenblicks der Taufe den Jesper Bernhard und den Bernhard Jesper nennen. Daher schlug er den Eltern die Bitte ab und taufte die Kinder beide zusammenfassend auf den Namen Otto. Und im Lauf der Jahre lernten die Eltern das zu schätzen; denn seitdem fiel es ihnen nie mehr schwer, darauf zu kommen, welchen Namen der eine der Zwillinge im Gegensatz zu dem anderen trug.
Wie die beiden Knaben den Namen gemeinsam trugen, so hatten sie auch in ihrem Leben alles gemeinsam. Jahr für Jahr feierten beide ihren Geburtstag am gleichen Tage, und damit alles gerecht zuging, erhielten sie auch die gleichen Geschenke. In der Schule gingen sie in dieselbe Klasse; denn sie waren ja gleichalt. Die jüngsten unter den Lehrern hatten zwar den besten Willen, sie zu unterscheiden, mußten es aber bald aufgeben. Jedesmal nämlich, wenn sie den einen das Einmaleins abfragten, antwortete der andere, und da keine Prügel es ihnen abzugewöhnen vermochten, wie aus einem Munde zu antworten, erlaubte man es ihnen schließlich, es gemeinsam zu tun. Solange jeder seine eigenen Schulbücher besaß, vertauschten sie diese nach Herzenslust; daher ergriff man die Gelegenheit, zu sparen und ihnen zusammen nur eine Serie Bücher zu gemeinsamer Benutzung zu geben. Jeden Monat brachten sie beide dasselbe

Zeugnis nach Hause, sie hatten in allen Fächern dieselben Noten, und das ist nicht verwunderlich: da alles an ihnen gleichmäßig war, so waren auch ihre Hirne einander ebenbürtig. Sie waren beide gleichstark, und daher machte es ihnen kein Vergnügen, sich zu raufen. Wenn nämlich jeder gleichzeitig den anderen packte, um mit ihm zu ringen, hatten beide Griffe genau die gleiche Wirkung, und sie konnten einander nicht ins Wanken bringen. Sie hatten keine Geheimnisse voreinander; da ihre Hirne auf gleiche Weise dachten, konnte der eine nicht denken, ohne zugleich die Gedanken des andern zu lesen. Sie konnten also aus dem Lügen unmöglich Vorteil ziehen, und daher sagten sie immer die Wahrheit.

Als nun ihre Eltern sich kurz hintereinander ins Grab gefolgt waren, mußten die Zwillinge daran denken, etwas zu ihrem Lebensunterhalt zu verdienen. Überall, wo eine Stelle frei war, meldeten sich beide als Bewerber. Da jedoch immer nur eine einzelne Stelle frei war, mußte man den einen abweisen, und dann gingen sie alle beide wieder, da sie nicht wissen konnten, welcher von ihnen eigentlich abgewiesen worden war. Und gab es wirklich einmal zwei Stellen, so wies man sie alle beide ab, da man den gleichen Mann nicht in zwei verschiedenen Stellungen verwenden wollte.

»Gibt es denn nirgends *eine* Stelle, die für zwei berechnet ist?« fragte der eine, und wie es ihre Gewohnheit war, sagte der andere sogleich: »Gibt es denn nirgends *eine* Stelle, die für zwei berechnet ist?«

Trotzdem konnten sie eine solche Stelle nicht finden. Selbst um eine Stellung als Doppelgänger bewarben sie sich vergeblich; denn wer einen Doppelgänger suchte, der suchte nur einen einzelnen Doppelgänger, obschon dies im Grunde ein Widerspruch ist.

Als sie nun so lange arbeitslos umhergelaufen waren, daß die Not das Fleisch an ihren Körpern größtenteils verzehrt hatte, wurde ihnen klar, daß sie sich trennen mußten, um ihr Brot in der Fremde zu verdienen. Zum Abschied umarmten sie sich und verehrten einander ein Bild von sich. Dann sagten sie beide Lebewohl, denn sie sagten ja stets dasselbe, und jeder zog seines Weges in die Welt hinaus. Doch drehten sie sich noch mehrmals um, um einander zuzuwinken, und zwar jedesmal genau zu dem gleichen Zeitpunkt.

Bisher waren sie gewöhnt gewesen, immer sich selbst in der Gestalt des anderen zu sehen, jetzt, da sie keinen Platz in ihrer gewohnten Umwelt mehr hatten, wurde die Welt unheimlich leer. Es fiel ihnen schwer, mit anderen Menschen zu sprechen. Der eine hatte ja immer nur das gesagt, was der andere sagte, und sie konnten es nicht begreifen, daß andere beleidigt waren, wenn sie mit ihnen in gleicher Weise zu sprechen versuchten.

Zuletzt wagten sie kaum noch etwas zu sagen und machten deswegen einen so törichten Eindruck, daß niemand sie anstellen wollte.

Zum Glück traf es sich, daß in der Stadt, in die der eine Zwilling, Otto nämlich, gekommen war, die Kaufleute eine ansehnliche Strafe zahlen mußten, weil sie alle es versäumt hatten, bei Einbruch der Dunkelheit ihre Fahrradständer hereinzunehmen, so daß Leute darübergefallen waren und sich Arme und Beine gebrochen hatten. Damit sich dies nicht wiederholte, beschloß der Handelsverband, einen Mann anzustellen, der bei Ladenschluß sämtliche Fahrradständer in die Läden schaffte und sie morgens wieder hinausstellte, wenn die Geschäfte aufmachten und die Sonne aufging. Diese Arbeit wurde aber schlecht bezahlt – die Arbeitszeit war ja so kurz –, und so kam es, daß niemand anderes dazu bereit war, Fahrradständertransporteur zu werden, als dieser eine Zwilling. Es war ein mühseliges Geschäft. Schon am ersten Tag seiner Tätigkeit entdeckte er, daß er es nicht fertig kriegte, alle Ständer zur Ladenschlußzeit hereinzubringen; denn diese ist ja kein eigentlicher Zeitraum, sondern nur ein Zwischenraum zwischen zwei Sekunden, ohne Dauer in sich selbst, und es dauerte eben doch mehr als gar keine Zeit, selbst den kleinsten Ständer wegzuschaffen. Deshalb wünschte er brennend, seinen Bruder zu Hilfe zu haben; dann hätte er doch wenigstens an zwei Stellen zugleich sein können. Jetzt mußte er versuchen, auf andere Weise fertigzuwerden. Wenn er nämlich im Lauf der ersten Tagesstunden alle Fahrradständer hinausgestellt hatte, begann er sofort, sie wieder hineinzustellen, um bis zum Ladenschluß damit fertigzuwerden. Da mußte es sich natürlich mehr als einmal so treffen, daß er mit einem Fahrradständer gerade zur Hauptgeschäftszeit in einen Laden kam, und obgleich er sehr bescheiden und – in Gedanken an seinen Zwillingsbruder – zweimal sagte: »Entschuldigen Sie, da wäre der Fahrradständer – entschuldigen Sie, da wäre der Fahrradständer« –, wurde er von den Verkäufern rücksichtslos angeschnauzt und von den Kunden verspottet, weil er mit seinen Fahrradständern immer ungelegen kam. Und wenn er abends heimgekehrt war – in der Regel mit einem oder gar mehreren Ständern, die er nicht mehr hatte an Ort und Stelle bringen können – dann gab es für ihn keinen anderen Trost, als das Bild seines geliebten Zwillingsbruders unter Tränen zu betrachten.

Diesem ging es indessen anfangs nicht viel besser. Er hatte in einer anderen Stadt das Amt bekommen, mit einem Zollstock in den Straßen umherzulaufen und nachzumessen, wie viele Millimeter Regen bei Regenwetter fällt, damit es der ganzen Welt durch das Radio verkündet werden konnte.

So war es im Grunde ein wichtiges Amt, aber es war schlecht bezahlt, da es ja nicht jeden Tag regnete, und es war recht unerfreulich, da es ja immer bei Regenwetter ausgeübt werden mußte. Weil er so wenig verdiente, hatte er nicht die Mittel, sich einen Regenmantel zu kaufen, und so kam er, teils wegen des ständigen Regens während seiner Arbeitszeit, teils wegen des fehlenden Regenmantels, ewig durchnäßt nach Hause in sein Zimmer. Hier war das Bild seines Zwillingsbruders der einzige Luxusgegenstand.
Aber eines Abends, als er wie gewöhnlich das Wasser in einem langen Rinnstein maß, hatte er das Glück, ein kleines hellrotes Damentäschchen zu finden. Es enthielt innen vier Fächer. In dem größten steckte das Bild eines jungen Mädchens; er hielt sorgsam die Hand darüber, damit es nicht naß würde. In den anderen Fächern befanden sich Geldstücke, für die er sich zum mindesten ein Stück von einem Regenmantel hätte kaufen können. Doch die Ehrlichkeit ging mit ihm durch, nicht einmal das größte Geldstück stahl er, nur das Bild stellte er auf seinen Tisch, neben die Fotografie, die dort schon stand. Er beschloß, nach dem jungen Mädchen, das dies Bild darstellte, Ausschau zu halten. Aber die Stadt war voll von jungen Mädchen, und es war schwer, die Richtige zu finden, besonders, weil junge Mädchen bei Regenwetter ungern ausgehen. Statt dessen konnte man Otto bald auch bei Sonnenschein auf den Straßen antreffen.
Lange Zeit kreisten all seine Gedanken um das unbekannte junge Mädchen, dessen Bild er so gut kannte, daß er, ohne es anzusehen, sagen konnte, ihr Haar sei so golden, wie ihre Augen blau waren. Wiederholt malte er sich aus, was er sagen würde, wenn er sie wirklich einmal traf; er wollte das Täschchen herausziehen und fragen: Ist dies vielleicht Ihr Täschchen? Was sie aber antworten würde, konnte er

sich unmöglich vorstellen, denn er kannte sie nur von dem Bild, und das sagte nie etwas.

Eines Tages, als der Himmel voller Sonne war und ohne Regenbogen, so daß er es sich erlauben konnte, seinen Zollstock flott in der Luft herumzuwirbeln, als sei er ein Spazierstock, kam sie, deren Namen er noch nicht zu nennen wußte, plötzlich die Straße daher; nicht nur der Kopf, den er von dem Bild kannte, nein, ihr ganzer Körper kam auf zwei Beinen daher, deren Kurven so vollkommen waren, daß es sogar über den Verstand eines Mathematikers ging.

Er zog das hellrote Damentäschchen heraus und wollte soeben die Worte sagen, die er einstudiert hatte – aber seine Augen, die doch nur hatten konstatieren wollen, ob sie auch wirklich das Bild vorstellte, wurden von den ihren hereingebeten, und obwohl sie blau waren, wurde ihm glühend rot vor Augen.

»Ist dies vielleicht Ihr Täschchen?« stammelte er und schlug die Augen nieder, um sie nicht ganz zu verlieren. Dort unten aber waren ihre Füße und Beine, und sie waren dazu angetan, ihnen aufwärts zu folgen; so landeten seine Augen wieder in den ihren, als sie antwortete:

»Mein Täschchen ist es nicht – es ist mein Herz. Da war eine alte Frau, die hat es in ein Täschchen verzaubert. Es wird behauptet, sie wäre eine Hexe, aber ich glaube nicht an Hexen. Sie sagte, ich würde mein Täschchen verlieren und den Mann heiraten, der es mir wiederbringt. Komm, Otto, die Kirche ist jetzt gewiß offen.«

Mit der Anmut einer sich entfaltenden Blüte, nur selbstverständlich viel schneller, kam ihre eine Hand aus ihrem Handschuh heraus; sie reichte sie ihm – und er nahm sie, obgleich er ihren Wunsch nach einer fristlosen Eheschließung abschlagen mußte.

»Ich kann weder den Pfarrer bezahlen noch den Küster oder

Glöckner«, sagte er verlegen. »Ich bin nur ein Wassermesser. Wenn die Sonne scheint, wie gerade jetzt, sollte ich eigentlich immer weinen.«

Betrübt faßten sie sich unter, wie es Verlobten zukommt, und gingen langsam davon.

»Weißt du, ich bin nur bei Regenwetter in meinem Element. Du bist gewiß ein Sonnenkind? Deine Haare sind so lang und golden wie die Strahlen der Sonne, deine beiden Augen so blau wie der ganze Himmel. Warum willst du mich eigentlich heiraten?«

»Ich habe mein Herz verloren, und du hast es aufgehoben; auf ewig bin ich dein. Zwar ist mein Herz in drei, vier Kammern eingeteilt, aber sie hängen zusammen und mehr Herzen als dieses eine werde ich nie und nimmer bekommen.«

Sie küßten einander auf den Mund, der heiß war von Liebe und naß von Tränen.

»Mußt du nicht deine Eltern fragen? Meine sind nämlich tot.«

»Nein«, erwiderte sie. »Sie würden betrübt sein, wenn sie erführen, daß ich einen simplen Wassermesser heirate. Darum ist es besser, sie erfahren es gar nicht erst; denn man soll seine Eltern niemals betrüben.«

»Ich glaube, ich suche mir eine ganz andere Stellung«, meinte er. »Hätte ich nur nicht längst alle Stellungen vergeblich gesucht.«

»Wenn wir uns nur liebhaben«, sagte sie.

Es stellte sich alsbald heraus, daß das Mädchen Fanny hieß, und seitdem nannte Otto sie immer bei diesem Namen. Um ihre Eltern nicht zu betrüben, ging sie gleich mit Otto in sein Zimmer, und da hier sonst nichts war, sah sie sofort die beiden Bilder auf seinem Tisch.

»Ach, du hast schon ein Bild von mir! Und der da – das

bist ja du! »Das bin nicht ich«, entgegnete Otto und ergriff beschämt das Bild seines Bruders, um es zu verstekken; da er aber keinen Schrank besaß, mußte er sich damit begnügen, es umzudrehen.

»Es gleicht dir auch von hinten«, sagte sie sofort.

»Es ist mein Zwillingsbruder«, antwortete er kurz angebunden.

»Oh, der ist dir aber ähnlich, weißt du. Das muß aber ulkig sein, euch alle beide zugleich zu sehen! Ich liebe alle Menschen, die genau so aussehen wie du. Hast du noch mehr Zwillingsbrüder außer ihm?«

»Man kann doch als Zwilling nur einen Zwillingsbruder haben«, erklärte er, schon etwas gereizt, obwohl sie sich doch eben erst verlobt hatten. Und es sollte auch nicht lange dauern, bis der erste eheliche Zwist zwischen ihnen ausbrach. Wenn Otto eine andere Lebensstellung suchen wollte, so mußte er in eine andere Stadt ziehen, und jetzt wollte Fanny, daß sie in die Stadt zögen, wo sein Zwillingsbruder wohnte, um nicht unter lauter Fremde zu kommen; Otto hingegen wünschte seinen Bruder nicht mehr wiederzusehen, seit er Fanny kennengelernt hatte. Es kam soweit, daß Otto mit beiden Fäusten auf den Tisch schlug und Fanny mit beiden Augen weinte.

»Wenn wir unter lauter Fremde kommen, hat es doch gar keinen Sinn, daß wir Kinder kriegen,« schluchzte sie; »wer soll denn dann bei ihnen Gevatter stehen?«

Hierauf konnte Otto nichts erwidern, und so zogen sie in die Stadt, wo Ottos Bruder Fahrradständer transportierte, was sie allerdings nicht wußten. Otto hatte trübe Ahnungen. Als schon die Türme der Stadt vor ihnen auftauchten, erklärte er nochmals hartnäckig:

»Ich sage es voraus: es ist unpraktisch!«

Und das ganze letzte Stück des Weges legte er so zurück,

daß er jedesmal drei Schritte zurück tat, wenn er zwei Schritte vorwärts ging. Fanny bemerkte es wohl, sagte jedoch nichts, und da man beim Vorwärtsgehen längere Schritte macht, als beim Rückwärtsgehen, kamen sie trotz allem weiter.

Als sie in der Stadt angelangt waren, mußte sich Otto an das Einwohnermeldeamt wenden, weil ja keiner von ihnen wußte, wo Otto wohnte. Inzwischen blieb Fanny draußen und wartete, und da das Einwohnermeldeamt es niemals eilig hat, mußte sie lange warten. Da sah sie plötzlich ihren Verlobten mit einem Fahrradständer in den Händen aus einem Bäckerladen kommen, und hinter ihm kamen alle die weißen Bäckermädchen herausgestürzt mit eingestemmten Armen und Zungen voller Scheltworte.

»Nein, so was!« riefen sie alle neun. »In der allerdringendsten Geschäftszeit zu kommen, wo der Laden von Kunden voll ist!«

Fanny fand, daß sich Otto allmählich zu viel erlaubte, sie lief zu ihm hin und sagte ihm, jedes Wort nachdrücklich betonend, ins Ohr: »Otto, was machst du bloß mit dem Fahrradständer?«

Verblüfft stellte er den Fahrradständer ab und starrte sie an. Da wurden ihre zärtlichen Gefühle wach, und ohne sich um die neun Mädchen und die vielen Kunden zu kümmern, die jetzt ebenfalls herausgekommen waren und doch bedient werden wollten, küßte sie Otto genau mitten auf den Mund, was ihn so überrumpelte, daß er fast über den ganzen Kopf rot und blaß wurde und fragte: »Wer sind Sie?«

»Aber Otto, was fehlt dir, bist du krank? Kommt das davon, weil du doch lieber in eine andere Stadt möchtest? Komm, dann gehen wir – wenn du es doch nur lassen wolltest, jedesmal drei Schritte zurück zu tun, wenn du zwei vorwärts machst, das halte ich nämlich auf die Dauer nicht aus.«

»Entschuldigen Sie,« sagte er und nahm den Fahrradständer, »ich habe zu tun.«
Und ohne sich um ihre Bitten zu kümmern, betrat er einen Milchladen, aus dem alsbald laute zornige Rufe tönten.
»Mein armer Mann, mein armer Mann«, stöhnte Fanny, obwohl sie noch nicht seine Frau war; ja, sie wollte soeben in den Milchladen laufen, als Otto aus dem Meldeamt herauskam.
»Otto, Otto«, rief sie und fiel ihm um den Hals, ohne auch nur einen Gedanken darauf zu verwenden, wieso er zur gleichen Zeit an zwei verschiedenen Stellen sein konnte.
»Was wolltest du bloß mit dem Fahrradständer? Darauf hast du mir ja noch nicht geantwortet.«
Otto erblaßte: »Hast du ihn schon gesehen?«
»Wen?«
Ohne etwas zu erwidern, führte Otto sie zur Wohnung seines Bruders. Sie war so ärmlich ausgestattet wie seine eigene; der einzige Hausrat bestand in einer Fotografie, die auf dem Tisch stand.
»Das ist dein Bruder«, jubelte Fanny, aber Otto entgegnete hart: »Nein, das bin ich.«
»Du –?«
Prüfend blickte sie zwischen dem Bild und Otto hin und her.
»Natürlich, du auch!« jubelte sie von neuem und küßte das Bild leidenschaftlich; in diesem Augenblick sah Otto nämlich so finster aus, daß sie es nicht wagte, ihn selber zu küssen.
»Aber es gleicht deinem Bruder doch«, sagte sie nach einer Weile, um Ottos Schweigen zu brechen.
Wirklich gebrochen wurde es aber erst, als etwas an der Tür klirrte. Es entpuppte sich als ein Fahrradständer, der mühsam zur Tür herein kam, und ihm folgte ein Mann, dessen Anblick Fanny sogleich einen lauten Schrei ausstoßen ließ,

obschon er doch recht anständig aussah. Otto hatte sich erhoben – und zwei Männer standen sich gegenüber, die in jeglicher Hinsicht *Eins* waren, sogar in ihrer Kleidung; keiner von beiden war nämlich seit vielen Jahren dazu imstande gewesen, sich neue Sachen anzuschaffen.

»Bruder!« rief der Zuletztgekommene und breitete seine beiden Arme aus.

»Ja, ich bin es, wie du siehst«, antwortete der andere.

Diese wenigen Worte genügten, den Ersten zusammenzukken zu lassen. Er hatte erwartet, daß auch der Bruder seine Arme ausbreiten und ›Bruder!‹ rufen würde. Jetzt wiederholte er dumpf:

»Ja, ich bin es, wie du siehst.« Denn obwohl die Worte des Bruders keine eigentlichen Schwierigkeiten enthalten hatten, so waren sie ihm doch so unverständlich, daß er sie wie eine Wunde in seinem Hirn fühlte. Er ließ die Arme sinken und sah sich unschlüssig um, und dabei fiel sein Blick auf Fanny.

»Ah, Sie sind das«, sagte er unwillig. Und Fanny, die spürte, daß sich etwas Unheimliches vorbereitete, das sie nicht erkennen konnte, beeilte sich zu sagen: »Wir sind gekommen, um Sie zu bitten, bei unseren Kindern Gevatter zu stehen.«

»Mit dem größten Vergnügen,« erwiderte er in tiefstem Entsetzen, »– aber wo sind die Kinder?«

»Dies ist meine Frau«, sagte Otto.

»Das ist – deine Frau? Darf ich da nicht wenigstens gratulieren?«

»Danke«, antwortete Fanny. »Tja, eigentlich sind wir noch gar nicht verheiratet. Mein Verlobter ist hergekommen, um für Pfarrer, Küster und Glöckner Geld zu verdienen.«

»Willkommen«, sagte Otto mehrmals hintereinander. »Wollt ihr euch nicht setzen? Der Fußboden wird darunter nicht leiden.«

Fanny nahm lächelnd auf dem Fußboden Platz, doch war ihr Lächeln nur äußerlich. Otto streckte dem Bruder nochmals seine Hände entgegen, der aber blieb mit einem finsteren Zug um den Mund stehen.
»Lieber Bruder, was für ein Glück, daß du gerade heute kommen mußtest! Denn man hat mir just auf morgen meine Entlassung angedroht, falls ich künftig nicht an zwei Stellen zugleich sein kann. Morgen können wir zusammen an die Arbeit gehen, und du brauchst nicht mehr so große Not zu leiden wie bisher. Ja – ich transportiere Fahrradständer, sowohl raus wie rein.«
Otto antwortete nicht.
Da nahm Otto seine Zuflucht zu den gemeinsamen Erinnerungen aus ihrer entschwundenen, aber glücklichen Kinderzeit: »Otto, weißt du noch, damals, als wir auf die Welt kamen und niemand wußte, welcher von uns eigentlich welcher war? Ich habe oft daran gedacht, daß ich vielleicht du bin und du nur ich bist.«
»Wirst du denn nie erwachsen?«
Wie von einem Peitschenhieb getroffen, trat Otto einen Schritt zurück und in den Fahrradständer, der mit lautem Krach umfiel.
»Ich bin gekommen, um dir dieses Bild zurückzugeben«, sagte Otto und zog wirklich das Bild des Bruders aus seiner Tasche. Er stellte es auf den Tisch, wo von jetzt an zwei Bilder standen, die einander vollkommen glichen.
»Morgen reisen wir wieder ab. Können wir heut nacht hier schlafen? Wir haben kein Geld fürs Hotel, das Täschchen meiner Frau war nämlich ihr Herz.«
»Ja,« sagte Fanny rasch, denn sie wollte gern ein Gespräch in Gang bringen; »mein Verlobter hat mir mein Herz auf eine Art und Weise gebracht, die Sie vielleicht interessieren wird. Er –«

»Darauf verstehe ich mich nicht«, unterbrach Otto sie und stellte den Fahrradständer wieder auf.
Bald darauf lagen sie alle drei auf dem Fußboden und schliefen, ein Bett gab es ja nicht. Nur Fanny war es unmöglich, einzuschlafen. Als der Mond anfing, durchs Fenster zu scheinen und sie an jeder Seite den gleichen Mann schlafen sah, bekam sie Angst, sie könnte den Falschen für ihren Verlobten halten, deshalb weckte sie den einen und flüsterte: »Bist du es?«
»Ja«, antwortete er.
»Otto, du darfst nicht böse sein – aber weißt du was, ich liebe dich so – jedesmal wenn ich dich sehe, und das hab ich ja doch ununterbrochen in der ganzen letzten Zeit getan –«
»Nicht, während ich auf dem Meldeamt war!«
»Nun nein – aber sonst; wenn ich dich nur sehe, werde ich wie verrückt vor lauter Liebe – und besonders, seit ich dich und deinen Bruder gesehen habe; denn ihr seht ja beide gleich aus, so daß ich doppelt so verrückt bin vor Liebe – sie hat jetzt schon gar keinen Platz mehr in mir – und es liegt mir gar nichts mehr an meiner Jungfernschaft – Ich weiß ja, Otto, wir sind noch nicht verheiratet, aber – – –«
»Sei still,« antwortete er unendlich liebevoll – »er könnte es hören! Es ist immerhin gut, daß wir auf dem Fußboden liegen, Sofas knarren immer. Komm in den Mondschein, damit ich dich sehen kann – hilf mir, ihn beiseite zu schieben – paß auf den Fahrradständer auf! – Geliebte –«

Am nächsten Morgen wachte Otto auf und sah, wie Fanny seinen noch schlafenden Zwillingsbruder küßte. Mit einem Satz war er auf beiden Beinen und gab Fanny eine wohlgezielte Ohrfeige. Bei dem Knall sprang Otto erschrocken auf; er glaubte, der Fahrradständer sei umgefallen.

»Warum küßt du ihn?« donnerte Otto.
»Ich dachte, du wärest es«, weinte Fanny, warf sich ihm um den Hals und küßte jetzt auch ihn. Aber Otto war zornig und schleuderte sie beiseite.
»Warum küßt du ihn?« donnerte der andere Otto, noch bevor Fanny zu Boden gestürzt war, und die beiden Männer standen sich mit feurigen Blicken gegenüber.
»Es hat keinen Zweck, daß wir uns prügeln,« brüllte der eine, »wir waren ja immer gleichstark.«
»Es hat keinen Zweck, daß wir uns prügeln,« sagte der andere, »wir waren ja immer gleichstark.«
»Wir sind doch keine Kinder. Pistolen her!« brüllte der erste.
»Keine Kinderpistolen her«, stammelte der andere.
Aber der erste war schon zur Tür hinaus, und er mußte ihm nachstürzen. Als letzte kam Fanny hinterher, sie stieß laute Schreie aus, denn jetzt würde einer von beiden wahrscheinlich totgeschossen werden, und wer konnte dann wissen, ob der Tote oder der Lebendige ihr Verlobter war? Unten auf der Straße standen die beiden Zwillinge schon in gleichem Abstand voneinander, und jeder hob seine Pistole. Vielleicht war der eine ein wenig flinker beim Hochheben als der andere, das Ergebnis aber war dasselbe: beide Pistolen wurden zur gleichen Zeit hochgehoben und abgefeuert. Und wie es bei den beiden, die ja immer einander gleich gewesen waren, nicht anders zu erwarten war: sie trafen beide gleich gut und sanken gleich tot um.
Ein Polizist, der den Doppelschuß gehört hatte, kam hinzu, ging mit einer Hühnerfeder in der Hand von dem einen zum anderen und konnte mit deren Hilfe feststellen, daß der Tod bei allen beiden eingetreten war.
»Ein Mordsglück!« murmelte er. »Das spart uns die Mühe, sie wegen Mordes zum Tode zu verurteilen.«

Lange lief Fanny schreiend zwischen ihnen hin und her. Zuletzt mußte sie es aufgeben, ihren Verlobten wiedererkennen zu wollen, und das war ja jetzt auch nicht mehr so wichtig, da er ohnehin tot war. Sie setzte sich mitten zwischen die beiden Zwillinge und begann ihr Kleid, Stück für Stück, zu zerreißen.

»Sie haben sich alle beide meinetwegen umgebracht«, sagte sie hingerissen zu jedem, der zufällig vorbeikam.

Der Mordfall

Eine Kafka-Idylle

I. Die Polizeidirektion

Der Mord sollte aufgeklärt werden, daher bewarb ich mich um eine Anstellung bei der Kriminalpolizei. Dort fühlte man sich durch das Interesse geehrt, das ich für ihre Tätigkeit bekundete, und da der Mord ja hauptsächlich mich anging, schlüpfte ich sogleich in eine so hohe Stelle, daß ich nur noch den Chef der Kriminalpolizei über mir hatte. Dies führte natürlich zu verschiedenen peinlichen Vorkommnissen; denn da ich ganz unerfahren war, geriet ich ständig in Versuchung, bei meinen Untergebenen Erkundigungen einzuziehen, und das ziemte sich für einen Mann in meiner Stellung nicht. Möglich, daß ich lieber eine Anstellung als ganz gewöhnlicher Kriminalpolizist hätte suchen sollen, doch war es zweifelhaft, ob ich damit zufrieden gewesen wäre; hatte ich doch unleugbar zu dem Mord besondere Beziehungen. Als der Chef der Kriminalpolizei äußerte, ich verstünde mich auf den Mord besser als das gesamte übrige Kriminalkorps zusammen, wobei er sich selber allerdings wohl nicht mit einschloß, wagte ich nicht zu widersprechen. Und doch war meine Verknüpfung mit dem Mord sehr rätselhaft, nicht zuletzt für mich selber. Wußte ich zum Beispiel, wer da ermordet worden war – oder auch nur, wann ungefähr der Mord geschehen war? Kannte ich überhaupt den Steckbrief des Mörders, der doch in allen bekannten Sprachen ausgesandt worden war? Zeitweise bildete ich mir wohl ein, ihn zu kennen; hätte man mir aber vorlaute Fragen über die Nase des Mörders, die Farbe seiner Augen oder vor allem über die Form seines Mundes gestellt – ich hätte sie nicht beantworten können. Und ich hätte das auch nicht einmal herausbekommen können: denn wenn ich mei-

nen Vorgesetzten fragte, so würde er mich auf der Stelle entlassen; fragte ich meine Untergebenen, so würden sie mich zweifellos auslachen.
Da der Mord wichtig war, wurde er nur im Büro des Kriminalchefs selber behandelt, und außer dem Chef hatten nur ich und mein nächster Untergebener, ein sehr tüchtiger Kriminalassistent, Zutritt zu den Besprechungen. Eigentlich hätte jedermann an ihnen teilnehmen können; es wurde nämlich nichts geäußert, was schwer zu verstehen gewesen wäre, und eigentlich auch nichts, was den Fall betraf. Auf Grund meiner spärlichen Kenntnis schwieg ich möglichst still, wie es einem Anfänger auch am besten ansteht; der Chef wie auch sein Assistent taten so, als ob alles Wesentliche bereits besprochen sei, und zogen es vor, von ganz anderen Dingen zu reden. In Sonderheit erörterten sie mit Vorliebe die unterschiedliche Haltung, die Leute von der Kriminalpolizei einnehmen könnten.
»Nach meiner Erfahrung können wir zwei völlig verschiedene, ja durchaus entgegengesetzte Haltungen einnehmen«, sagte der Kriminalassistent und begleitete seinen Vortrag mit gut einstudierten Handbewegungen. »Es läßt sich ja nicht bestreiten, daß wir im Augenblick sachlich und ungeheuer ernst über den wichtigen Mordfall reden. Wir skizzieren die möglichen Motive, wir stellen Alibis fest, und wir diskutieren lange das Für und das Wider, nicht ein einziges bescheidenes Detail gestatten wir uns außer acht zu lassen. Haben wir aber erst einmal die vorbereitenden Untersuchungen abgeschlossen und ziehen, wenn ich mich so ausdrücken darf, zu Felde, dann sind wir wie umgewandelt. Jetzt benehmen wir uns, als sei das Ganze ein Spiel oder ein Sport für uns, obschon es sozusagen eine noch ernstere Aufgabe sein sollte, mit dem Verdächtigten zu reden als über ihn. Aber niemand wird es uns ansehen, daß es ernst ist.

Voller Humor bagatellisieren wir die ganze Geschichte und sind geneigt, den Mord selbst als eine Farce aufzufassen.«
Erstaunt starrte ich meinen Untergebenen an, der seine Ansprache mit einer kleinen Verbeugung wie ein Schauspieler, der Beifall erwartet, beendet hatte. Als sein nächster Vorgesetzter fühlte ich mich fast berufen, ihm einen Rüffel zu erteilen, und war daher noch erstaunter, als jetzt *mein* Vorgesetzter nachdenklich nickte und mit seiner tiefen Stimme sagte:
»Sie scheinen mir da etwas sehr Wesentliches hervorgehoben zu haben. Gewöhnliche Menschen, die uns zufällig auf der Spur eines Verbrechens sehen, würden uns für eine Art Sonntagsjäger halten – und sie würden sich niemals vorstellen können, daß die Aufklärung für uns eine Sache auf Leben und Tod bedeutet.«
»Und wenn sie den tiefen Ernst sähen, mit dem wir *jetzt* den Fall behandeln ...«
Bei dem Gedanken an diesen tiefen Ernst vermochte der Assistent ein selbstgefälliges Lachen nicht zu unterdrücken.
Verwirrt blickte ich den Kriminalchef an, der mit einem bitteren Lächeln um seinen breiten Mund dasaß. Ich konnte mich unmöglich von der Vorstellung freimachen, unsere ernste Erörterung des Mordfalles würde uns keineswegs die Achtung der Allgemeinheit verschaffen; wir alle würden vielmehr zum Gespött werden. Um die Situation zu retten, sagte ich:
»Ist diese unterschiedliche Haltung nicht dadurch bedingt, daß wir gezwungen sind, Außenstehenden den wahren Sachverhalt zu verschleiern? Wenn wir stets das Tiefernste an der Sache unterstrichen, so würde das Entsetzen in der Gesellschaft so groß sein, daß niemand mehr etwas mit der Polizei zu tun haben wollte, und dann gäbe es keinen Menschen mehr, der jemals einen Mord eingestünde.«
Sie antworteten nicht. Ich sah es dem Kriminalassistenten

an, daß er mit mir nicht gleicher Meinung war; denn wenn sich auch seine Lippen sehr schnell bewegten, so sagte er doch nichts – vielleicht, weil ich sein Vorgesetzter war. Der Chef hatte seinen massigen, weißhaarigen Kopf tief über einen Stapel Papiere gebeugt, deren Inhalt ich nicht kannte; ich konnte mich des Gedankens nicht erwehren, daß er wohl eine Brille nötig hätte. Schließlich fuhr der Assistent fort, ohne auf meine Bemerkung Rücksicht zu nehmen:

»Welche der beiden Haltungen nun für die Kriminalpolizei am charakteristischsten ist, wage ich nicht zu entscheiden. Und im übrigen ließe sich darüber diskutieren, ob unsere Haltung nach außen hin überhaupt als Haltung bezeichnet werden kann, da sie doch unsere eigentliche Haltung verschleiert. Vielleicht ist unser Galgenhumor, der mit der Umwelt Versteck spielt, ein Versteckspiel mit uns selbst; wenn wir nämlich wirklich wir selber sind, wie in diesem engen Kreis, so schrecken wir doch niemals davor zurück, das Ding beim rechten Namen zu nennen.«

Der Chef nickte, ohne von seinen Papieren aufzublicken. Ich überlegte, was wohl der rechte Name des Dinges wäre; meines Wissens war überhaupt nichts bei seinem rechten Namen genannt worden. Es war nichts über den Mord gesagt worden, nichts über den Steckbrief, nichts über unsere Verfahrensweise; eigentlich war nichts anderes über den Fall gesagt worden, als daß er tiefernst sei.

»Zweifellos haben Sie etwas sehr Wesentliches betont«, sagte der Chef, nachdem er offenbar nachgedacht hatte. »Ich für mein Teil habe immer das Gefühl gehabt, daß unsere Haltung nach außen hin weit anstrengender ist als unsere Haltung nach innen, und der Scherz auf den Lippen, der den gemeinen Mann teils verärgert, teils versöhnt, der läßt die Seele tiefer bluten als die sachliche Bemerkung, die die Stellung der Lippen unverändert läßt.«

»Wendet sich unser Galgenhumor nicht auch gegen uns selber?« fragte ich gereizt und erwähnte diesen Galgenhumor, der mir so rätselhaft war, als wäre er ein Zustand, der für mich ganz normal war. »Fühlen wir nicht ein allgemein menschliches Bedürfnis, uns gegen die Tatsache zu wehren, wie bitter schwer es oft ist, ein wichtiges Verbrechen aufzuklären, so in diesem Falle einen Mord, und daß es uns erst aufgeht, wie schwer es in Wirklichkeit ist, wenn wir tief in den eigentlichen Bereich des Verbrechens eindringen und es nicht nur im voraus rein abstrakt betrachten.«
Diese lange Periode drohte mir auseinanderzufallen, vielleicht, weil der Kriminalchef wie der Kriminalassistent mich beide verwundert ansahen.
»So könnte es sich erklären, daß unser Auftreten einen mehr humoristischen Anstrich bekommt«, fuhr ich verärgert fort.
Der Assistent blickte mit einem fragenden Lächeln auf seinen Chef. Auch der lächelte, bitter wie zuvor:
»Natürlich ist es unmittelbar verständlich, daß Sie sich gern gegen Ihre eigene Einsicht wehren, wie schwierig es ist, diesen Mord aufzuklären, der eine so große Affinität zu Ihnen hat; wollen Sie aber wirklich behaupten, daß die Vordiskussion, die abzuschließen wir soeben im Begriff stehen, sich in rein abstrakten Bahnen bewegt hat? Mir scheint, daß sie höchst konkret gewesen ist und in keinem Punkt davor zurückgeschreckt ist, die geringsten Details des Falles ins Auge zu fassen. Oder wollen Sie das nicht zugeben?«
Sein Ton war zuletzt ziemlich barsch geworden; ich lächelte verlegen und entgegnete:
»Ich bin überzeugt, daß ich in allem Wesentlichen mit Ihnen übereinstimme, Herr Kriminalchef. Ich hoffe, mein Mangel an Erfahrung wird es voll entschuldigen, daß ich mich nicht klar genug ausgedrückt habe. Meine Meinung war . . .«

Ich sah den Chef höflich an und hatte das ehrliche Bestreben, meine eigentliche Meinung darzulegen, aber der Chef wie der Assistent starrten mich mit erschreckten Mienen an, als ob ich im Begriff stünde, etwas Ungesetzliches zu tun. So beeilte ich mich, sogleich fortzufahren:

»Meine Meinung war natürlich genau die gleiche wie die Ihre, Herr Kriminalchef.«

Der Chef nickte ernst, und der Assistent lächelte mir aufmunternd zu. Ich beschloß, sobald ich in meiner Stellung etwas fester saß, unverzüglich zu versuchen, ob ich nicht eine Versetzung des Kriminalassistenten erreichen könnte.

»Die einleitenden Besprechungen können hiermit wohl als abgeschlossen betrachtet werden«, sagte der Chef und schob die Papiere von sich. »Mit Rücksicht auf den Ernst des Falles halte ich es für erforderlich, daß nicht weniger als zwei Mann mit dem Auto hinausfahren und den Fall untersuchen, während der dritte zurückbleibt und das Telefon bedient. Ich selbst leite die Untersuchung im Gelände.«

»Natürlich bin ich bereit, Sie zu begleiten, Herr Kriminalchef«, erklärte der Kriminalassistent mit einer kleinen Verbeugung. Der Gedanke jedoch, daß dann ich zurückbleiben und das Telefon bedienen sollte, zwang mich, von meiner Würde als nächster Untergebener des Kriminalchefs Gebrauch zu machen:

»Da ich zu diesem Fall keine geringe Affinität habe,« sagte ich – indem ich den Ausdruck des Kriminalchefs benutzte, obwohl er mich erstaunt hatte –, »so darf *ich* Sie gewiß diesmal begleiten, Herr Kriminalchef. Und Sie bleiben also hier und halten mit Ihrer gewohnten Tüchtigkeit die Heimatfront am Telefon.«

»Sehr wohl«, erwiderte der Kriminalassistent mit einem verbindlichen Lächeln, als sei ihm der deutliche Hieb in meinen Worten gar nicht bewußt geworden. Ein wenig unsicher schielte ich auf den Chef, dessen Anordnungen ich vorgegriffen hatte, doch schien er nicht bei der Sache zu sein; er zündete sich gerade eine dicke Zigarre an. Nachdem er einige Male gepafft hatte, sagte er:

»Es steht dem nichts im Wege, daß Sie, Herr Kriminaloberassistent, sofort im Wagen Platz nehmen.«

»Nicht das geringste«, erwiderte ich mit höflichem Lächeln, doch blieb ich stehen und wartete weitere Befehle ab, zum Beispiel, ob ich wohl einen Revolver mitnehmen sollte. Der Kriminalassistent legte eine Hand auf meine Schulter und zeigte auf die Tür, der ich denn auch sogleich meinen Blick zuwendete:

»Bitte, hier hinaus –«

Ich sah ihn mißtrauisch an. Er blieb bei seinem Nicken und Lächeln und schob sogar meine Schulter vor, so daß ich, um nicht auf die Nase zu fallen, meinen Körper einen Schritt mittun lassen mußte. Auf diese Weise waren wir bis fast an die Tür gelangt, er öffnete sie und führte mich nun, die Hand beständig auf meiner Schulter, durch eine Reihe langer Gänge und leerer Räume mit Schreibtischen, bis wir schließlich an der Haupteingangstür aus kugelsicherem Glas standen, durch die man zwei menschliche Schatten wie ein seltsames Doppelwesen erahnen konnte.

»Herrgott, da stehen die nun an der Tür und läuten«, sagte er kopfschüttelnd und schloß die Tür auf.

»Na, Mädchen,« sagte er zu zwei jungen Damen, die abwechselnd läuteten und beide blond waren, »das könnt ihr ebensogut bleiben lassen; die Klingel geht nicht, und das Polizeigebäude ist geschlossen.«

Mit einem sanften Druck auf meine Schulter schob er mich zur Tür hinaus.

»Recht viel Vergnügen«, wünschte er und legte die Hand an die Mütze.

Während ich durch die breite Vorhalle ging, hörte ich sein Gespräch mit den Damen.

»Ja, aber es handelt sich um einen ernsten Mord«, riefen sie eifrig wie aus einem Munde.

»Das ist gar nicht unwahrscheinlich,« antwortete der Assistent, »aber was wollen Sie eigentlich, das ich tun soll; kann ich den Ermordeten wieder lebendig machen?«

»Sie können das Verbrechen aufklären«, schmeichelten die Damen.

»Schon möglich, aber was dann? Wird der Ermordete damit wieder lebendig, wenn sein Mord aufgeklärt ist? Keineswegs, keineswegs.«

»Es ist doch die Aufgabe der Polizei, Verbrechen aufzuklären.«

»Das will ich gar nicht bestreiten. Aber wir haben zur Zeit so viel zu tun, daß wir nicht noch weitere Fälle übernehmen können. Der Herr, der soeben weggegangen ist, war unser Mordexperte; jetzt fährt er ab, um einen Mord aufzuklären, der seit Jahren darauf wartet. Ich habe unterdessen die Obliegenheiten im Hause zu erledigen und kann unmöglich noch mehr bewältigen. Ist Ihr Mord sehr wichtig?«

»Es ist der wichtigste Mord, den wir zusammen erlebt haben!«

»Ich verstehe. Kommen Sie morgen während der Dienststunden wieder, keinesfalls vorher oder nachher; dann will ich sehen, was ich für Sie tun kann. Vielleicht reicht es zu einem ganz kleinen Plätzchen auf der Warteliste, aber Sie dürfen sich keine zu großen Hoffnungen machen.«

Ich hörte die beiden jungen Damen, die ich vielleicht früher schon einmal gesehen hatte, ein altmodisches Wehgeschrei erheben, doch inzwischen war ich beim Tor angelangt und konnte meinen Gang nicht noch mehr verzögern. Außerdem fürchtete ich, die Damen könnten sich an mich wenden, der ich ja von dem Assistenten als ein sehr einflußreicher Mann bezeichnet worden war – und was sollte ich in diesem Fall mit den aufgebrachten Damen anfangen?

Der Hof war voll von Menschen. Sie standen in Gruppen herum und diskutierten und gingen gestikulierend auf und ab, einige hatten sich Klappstühle mitgebracht und saßen darauf, ein Buch auf den Knien oder ein Strickzeug in den Händen. Kleine Mädchen malten säuberlich Figuren auf den Asphalt, um Himmel und Hölle zu spielen, und Knaben übten sich im Bockspringen über die Rücken der anderen. Offensichtlich wartete man auf etwas; und als ich in meiner Kriminaloberassistentenuniform hinaustrat, richteten sich doppelt soviel fragende Augen auf mich, wie Menschen auf dem Hof waren, und das, obwohl die Anzahl der Menschen ungewöhnlich groß war. Die Diskussion hatte aufgehört, die Gestikulationen blieben abwartend in der Luft hängen, die hüpfenden Mädchen blieben auf einem Bein stehen, wie Störche es können, die Lesenden blickten von ihrer Lektüre auf, die Strickenden von ihrem Strickzeug, die bockspringenden Knaben blieben einander auf den Rücken sitzen und starrten mich an.

»Ist der Mord aufgeklärt?« fragte ein kleines Mädchen, das auf einem Bein stand.

Ich erwog, ob eine so große Frage eines so kleinen Mädchens wirklich ernstgenommen zu werden verdiente, das den tieferen Sinn seiner eigenen Worte unmöglich erfassen konnte, und versuchte mich aus der Klemme zu ziehen, indem ich dem Mädchen freundlich zulächelte. Doch da erhob sich von allen Seiten ein drohendes Gemurmel. Ich merkte, daß ich antworten mußte. Natürlich vermochte ich nicht stehenden Fußes zu entscheiden, ob der Mord aufgeklärt war oder nicht; daher wußte ich mir nicht anders zu helfen, als mit einer Phrase zu antworten, die meines Wissens schon oft von Polizeibeamten mit Erfolg angewendet worden war: »Zum augenblicklichen Zeitpunkt kann ich mich diesbezüglich nicht äußern«, erklärte ich und lächelte dem kleinen Mädchen zu, das einen Knicks machte.

Die Leute zuckten ein wenig die Achseln und nahmen ihre unterbrochenen Beschäftigungen wieder auf. Die Mädchen hüpften weiter mit ihren bunten Steinen, und die Knaben sprangen mit großer Gewandtheit von den Rücken anderer Knaben herunter. Aber gerade, als die Mehrzahl der Damen mit dem Stricken wieder in Gang gekommen war, warf eine schwindsüchtige junge Dame ihr Strickzeug von sich, so daß die Nadeln blutige Striemen in die Backe eines kleinen Jungen ritzten:

»Immer dasselbe! Alles soll sich nur um diesen feinen Mord drehen, und wir anderen dürfen mit unserem warten.«

»Hört, hört!« erklang es sofort von vielen Stimmen, und jetzt legten alle Damen ihr Strickzeug endgültig fort und viele Männer klappten mit lautem Knall ihre Bücher und Klappstühle zusammen. Ich war ziemlich besorgt, wie diese heikle Situation sich entwickeln würde, und spähte vergebens nach dem Wagen aus, von dem der Kriminalchef ja doch gemeint hatte, ›es stünde dem nichts im Wege, daß ich sofort darin Platz nähme‹. Nun schien mir allerdings im Wege zu stehen, daß gar kein Wagen dastand.

»Haben Sie schon gefrühstückt, Herr Kriminaloberassistent?« fragte mich lächelnd ein dicklicher Herr. Mir schwebte vor, daß er mich vielleicht zum Frühstück einladen und nach diesem ewigen Mord ausfragen wollte, wobei er kaum davon Abstand nehmen würde, mir ein paar Schnäpse anzubieten. Doch aus dem Kichern der Mädchen und dem frechen Lachen der Knaben wurde mir klar, daß seine Frage ironisch aufzufassen war, was eine weitere Bemerkung vonseiten einer Frau dann auch voll bestätigte:

»Sie machen ja den ganzen Tag Brotzeit!«
Ich ärgerte mich aufrichtig über diese ungerechte Äußerung, die selbstverständlich ein spöttisches, doch immer noch gedämpftes Gelächter auslöste; denn es war bereits mehr als vierundzwanzig Stunden her, daß ich überhaupt Zeit gefunden hatte, etwas zu mir zu nehmen. Ich war nahe daran, energisch etwas zu entgegnen, als mir einfiel, was der Kriminalassistent über die beiden weit von einander verschiedenen Haltungen der Kriminalbeamten gesagt hatte, über die sachliche nach innen und die galgenhumoristische nach außen. Ich sah ein, daß meine einzige Chance, mit der wachsenden Empörung unter den Leuten auf dem Hof fertigzuwerden, gerade darin bestand, bei einem gewissen galgenhumoristischen Jargon Zuflucht zu suchen, obwohl ich nicht fand, daß die Lage zu Späßen einlud.
Ich versuchte es also nochmals mit einer rein sachlichen Bemerkung:
»Zum augenblicklichen Zeitpunkt kann ich mich diesbezüglich nicht gut äußern, und das . . .«
Die Heiterkeit in der Versammlung wurde jetzt so laut, daß ich meine Stimme verstärken mußte:
». . . und das, weil ich, meine Damen und Herren, von Amts wegen in ganz wenigen Minuten wegfahren muß. Der Wagen ist bereits vorgefahren.«
»In ganz wenigen Minuten!« wiederholte der dickliche Herr, der zweifellos gern den Wortführer spielen wollte, und nickte den Nächststehenden bedeutsam zu, die mit spöttischem Lächeln dastanden.
»Vermutlich sind Sie sich darüber klar,« rief ich wütend, »daß zu diesem Zeitpunkt genau vierundzwanzig Stunden verflossen sind, seit wir an genau dem gleichen Zeitpunkt standen.«
Das war zwar ein etwas krampfhafter Scherz, doch verfehlte

er seine Wirkung nicht. Die Leute stießen einander lachend an, ja, ein einzelner Knabe warf sich im Lachkrampf auf den staubigen Boden und schrie:
»Ich mach mir in die Hosen!«, was die Heiterkeit noch steigerte. Nur der dickliche Herr blieb unentwegt unzufrieden, er blickte die anderen vorwurfsvoll an, als nähme er ihnen ihre Lustigkeit übel.
»Antworten Sie mir auf meine Frage, Herr Kriminaloberassistent«, rief er wütend. »Wie lange haben Sie heute gefrühstückt?«
»Heute haben wir kein Frühstück gebraucht«, sagte ich wahrheitsgemäß, fuhr jedoch mit etwas fort, was man mit Recht als eine großmächtige Lüge bezeichnen kann: »Gestern aber dauerte das Frühstück genau achtzehn Jahre, vier Monate und fünf Tage.«
Sofort brach ein ekstatisches Gelächter aus. Wer saß, legte den Kopf in den Nacken und lachte und rang dabei mit gellendem Geheul nach Atem, wer stand, drehte sich ein paarmal um sich selber, die kleinen Mädchen umarmten einander und die Knaben schlugen vor Lachen Purzelbäume. Diese heftige Wirkung meiner Worte begann mich zu beunruhigen, während das Gelächter anhielt. Und wenn einer der Leute endlich wieder einigermaßen ernst werden wollte, dann war sofort ein anderer zur Stelle, der ihm den Finger in die Seite bohrte und ›hahaha‹ rief, und dann war der Halbernste gezwungen, auch wieder ›hahaha‹ zu schreien. Ja, sogar der dickliche Herr, der als einziger seinen Ernst bewahrte und zwischen den anderen hin und her ging, um zur Besonnenheit zu mahnen, trug zur Erhöhung der Heiterkeit bei; denn je weniger Glück er hatte, desto röter wurde sein Kopf, und dadurch sah er vollkommen lächerlich aus. Die Lachenden brauchten nur auf sein krebsrotes Gesicht zu zeigen, um in beinahe krampfartigen Lachanfällen hin-

zustürzen. Vor allem, als der dickliche Herr brüllte, an ihm sei durchaus nichts Lächerliches, da gab es nur noch ganz wenige, die aufrecht standen. Ich selber stand immer noch auf der Treppe zum Haupteingang, der verschlossen war – so daß es mir unmöglich war, wieder hineinzugehen, was ich andernfalls vielleicht getan hätte – und wußte mit diesem lachsüchtigen Haufen Menschen nichts anzufangen. Mit wachsender Verblüffung war ich Zeuge ihres sonderbaren Benehmens und fragte mich ängstlich, ob nicht eine ganze Menge von ihnen ernstlich bereit war, vor Lachen zu sterben; im nächsten Augenblick aber hatte ich diese Todesangst vergessen und lachte selber herzlich mit. Es reizt ja immer zum Lachen, wenn man andere lachen sieht.

Wahrscheinlich hätte dieses lustige Zwischenspiel dennoch ein tragisches Ende gefunden, wenn nicht jetzt der Kriminalchef erschienen wäre. Wegen des lauten Gelächters hörte ich nicht, daß sich die Tür hinter mir bewegte, plötzlich aber merkte ich, daß er neben mir stand, und hörte ihn etwas sagen.

»Wie beliebt?« fragte ich mit einer kleinen Verbeugung.

»Sie verstehen es, die Menschen für sich einzunehmen, Herr Oberassistent«, sagte er und wies mit einer Kopfbewegung anerkennend auf die lachende Schar, deren Lachen allmählich verebbte. »Sie scheinen mir der geborene Kriminaloberassistent zu sein.«

Bei diesem Lob wurde ich freilich rot wie ein verlegener Schuljunge; ich äußerte mich bescheiden darüber, wieviel Belehrung ich aus seinen Worten geschöpft hätte, doch er unterbrach mich ziemlich schroff:

»Allerdings hatte ich Sie gebeten, im Wagen Platz zu nehmen –«

»Ja, ich bedaure sehr, daß ich immer noch auf diesem Fleck stehe, aber das Publikum bestürmte mich mit Fragen, denen ich auszuweichen versuchen mußte.«

Der Chef betrachtete mich mit gerunzelten Brauen. Ich wurde wieder unsicher und bildete mir ein, seine anerkennenden Worte könnten blutige Ironie gewesen sein.
Zugleich kam mir der Gedanke, ob er nicht schon ein wenig senil wäre und das unmittelbare jugendliche Verständnis dafür verloren hätte, daß man unmöglich in einem Wagen Platz nehmen kann, der gar nicht da ist.
Unterdessen war das Gelächter völlig verstummt. Als die Leute durch die salzigen Tränen des Lachens den Kriminalchef erblickt hatten, waren sie sofort tiefernst geworden, und als er, von mir gefolgt, quer über den Hof schritt, grüßte man ihn ehrerbietig unter Bücklingen und Knicksen, ja, der dickliche Herr fiel sogar mit gesenktem Kopf auf die Knie. Es herrschte Totenstille, kein einziger wagte es, sich mit einer Frage an den Chef zu wenden. Ich konnte nicht umhin, von der allgemeinen Achtung, die man ihm entgegenbrachte, beeindruckt zu werden, und erwies meinem Chef größere Ehrerbietigkeit als bisher. Zugleich wunderte ich mich allerdings, daß er nicht das geringste Zeichen jener humoristischen Haltung zur Schau trug, die man nach seinen eigenen Worten dem gemeinen Mann gegenüber korrekterweise einzunehmen hatte.
Gerade als ich die Tür des Wagens öffnete, eines kleinen flachen Personenautos, vorne mit zwei Radioantennen wie Fühlhörnern eines Insekts, machte über unseren Köpfen der Kriminalassistent ein Fenster auf und rief:
»Recht viel Vergnügen!«
Der Chef nickte sachlich, während ich einen Versuch machte, das verbindliche Lächeln des Kriminalassistenten zu erwidern. Eigentlich war ich von der Situation recht benommen; das Bedeutungsvolle an dieser Reise, die wir hiermit beginnen sollten, ließ mein Herz unruhig schlagen, und ich wurde von bösen Ahnungen gequält, unsere Fahrt werde

vergeblich sein; denn wenn wir auch in unserem Wagen weit herumkommen konnten, so war es, da die Welt aus lauter Stellen besteht, wohl sehr wenig wahrscheinlich, daß wir ausgerechnet an *die* Stelle kommen würden, wo der Mord begangen worden war. Und selbst wenn wir es taten, so war es ja nicht einmal gewiß, daß es dort immer noch eine Spur des Mordes gab. Um diesen Zweifel am glücklichen Ausgang der Sache zu vergessen, fühlte ich das Bedürfnis, ein paar Ordres an meinen Untergebenen ergehen zu lassen, vielleicht auch, weil so viele Menschen dastanden und begierig auf ein Wort warteten, das sie über die Lage der Dinge unterrichten konnte:

»Lassen Sie den Steckbrief noch einmal im Radio durchgeben,« rief ich – mit dem Hintergedanken, daß ich es ja dann selbst im Radio hören würde – »und sparen Sie nicht an Belohnungen, die zur Verhaftung des Täters führen könnten. Und vor allem: halten Sie uns jede Minute über alles, was diesen Fall betrifft, auf dem laufenden.«

»Sehr wohl«, antwortete der Kriminalassistent und verbeugte sich so weit aus dem Fenster heraus, daß es beinahe gefährlich aussah.

»Können Sie Auto fahren?« fragte der Kriminalchef.

»Nicht einen solchen Wagen«, antwortete ich, um möglichst zu vertuschen, daß ich überhaupt nicht fahren konnte.

»Dann bin ich es also, der die Fahrt zu bestimmen hat«, sagte der Chef und setzte sich ans Steuer.

Ich schob mich auf den Rücksitz, und der Chef fuhr los. Das Publikum auf dem Hof wich in zwei Reihen ehrerbietig zur Seite, die Männer standen mit dem Hut in der Hand draußen vor den Wagenfenstern, der dickliche Herr blieb auf den Knien liegen. Aus seinem Fenster winkte der Kriminalassistent mit einem ungewöhnlich großen weißen Taschentuch, und als der Wagen durch das Portal hinausfuhr und ich mich umdrehte, um durch die hintere Scheibe zum Abschied einen Blick zurückzuwerfen, da sandten einige der Mädchen mir Kußhände nach – sie konnten nicht dem Chef gelten, der ihnen ja den Rücken zukehrte –, und mehrere der Knaben legten wie an eine Soldatenmütze ihre Hand ans Haar, ob es nun blond war oder dunkel, und führten sie wie zu einem männlichen Abschiedsgruß mit einer strammen Bewegung zur Seite.

II. Auf der Spur

Es war spät am Nachmittag, als wir vom Polizeigebäude abfuhren. Da es zugleich auch spät im Jahre war, fing es schon an zu dunkeln; der Kriminalchef schaltete die Lichter ein, die sich forschend in die Mauern der alten Häuser bohrten, da es doch ein Polizeiauto war. Da ich nichts anderes zu tun hatte, spähte ich danach aus, ob auf diesen Mauern etwa Blutflecken zu entdecken wären, eine Bemühung, die natürlich zu keinem Ergebnis führte. Denn wenn auch das Licht der Scheinwerfer ungewöhnlich grell war, blieb es doch zweifelhaft, wieweit auf diese große Entfernung zwischen den Hausmauern und der Fahrbahn Blutflecken sichtbar werden könnten, obschon viele der Straßen schmal waren. Außerdem fuhr der Chef ziemlich schnell, so daß ich keine Zeit fand, irgend etwas deutlich zu erkennen.

Als es endgültig Abend geworden war, waren wir schon aus der Stadt heraus. Ich war nicht so ganz sicher, ob der Kriminalchef recht daran getan hatte, die Hauptstadt so schnell zu verlassen; da wir ja überhaupt nicht wußten, wo der Mord begangen worden war, bestand rein quantitativ die größte Wahrscheinlichkeit, daß er in der Hauptstadt selber geschehen war, wo schließlich die meisten Menschen

wohnten. Außerdem war es wahrscheinlich, daß dieser Mord, der so große Affinität zu mir hatte, in dieser Stadt begangen worden war, in der ich mich fast während meines ganzen bisherigen Lebens aufgehalten hatte. Wohin der Kriminalchef zu fahren beabsichtigte, wußte ich nicht; da jedoch er die Fahrt bestimmte und dazu mein Vorgesetzter war, fand ich es wenig passend, Fragen zu stellen. Ich konnte mich nicht enthalten, deprimierende Betrachtungen über das Zufällige im Benehmen der Menschen in sehr wichtigen Dingen anzustellen; weil aber der Kriminalchef von allen mit solcher Ehrerbietung behandelt wurde, neigte ich im innersten Herzen zu der Vermutung, daß sein rätselhaftes Verhalten einen tieferen Sinn verbergen müsse, für dessen Verständnis ich bei meinem Mangel an Erfahrung nicht die richtigen Voraussetzungen mitbrachte.
Im Norden der Stadt fuhren wir durch ein Quartier, für das ich aus diesem oder jenem Grunde eine unglückliche Liebe hegte. An der stillen Straße lagen die Villen hinter hohen dichten Hecken, und es war deshalb unmöglich, an diesen Häusern nach Blutflecken zu suchen. Meine Sinne hatten Gelegenheit, frei umherzuschweifen, allerdings innerhalb des Rahmens, den die Fensterscheiben des Wagens zuließen, und doch gab es für sie nicht viel zu tun; meine Ohren vernahmen einzig das Geräusch des Wagens, meine Augen begegneten beständig diesen hohen friedlichen Hekken, die sie – trotz der scharfen Lichter des Wagens – unmöglich durchdringen konnten. Ja, eben diese Lichter waren auch schuld daran, daß ich von den Straßenlaternen nicht viel Nutzen hatte, deren Schimmer von Vorstadtromantik ich von alters her so liebte; all ihr Licht fiel gegen die hellen Laternen des Wagens ab.
Waren es Träume von einem friedlichen Dasein hinter diesen Buchshecken, die mein Herz veranlaßten, das Blut in

meiner Brust aufzurühren? Und war es dieses aufgerührte Blut, das den Gedanken an den Mord wieder an die Oberfläche meines Hirns spülte – mich erwägen ließ, ob der Mord nicht just in diesem Quartier begangen sein mochte? Jedenfalls fühlte ich, daß es zwecklos war weiterzufahren; denn wenn der Mord nicht in der Hauptstadt begangen worden war, so war er es am ehesten in der Vorstadt, wo die quantitativen Bedingungen noch günstig waren. Diese Überlegungen brachten mich dazu, das Schweigen zu brechen, das sich in dem kleinen, flachen Wagen allzu breit machte:

»Herr Kriminalchef, haben Sie irgendeinen Grund zu der Annahme, daß der Mord weder in der Hauptstadt noch in der Vorstadt begangen worden ist?«

»Keineswegs«, erwiderte er. »Ich finde es sogar unwahrscheinlich, daß er anderswo begangen wurde. Da es aber unsere Aufgabe ist, die Bedingungen im Gesamten zu prüfen, ist es wohl nicht angängig, uns auf jenen Bereich zu beschränken.«

Aus Verdruß über diese anscheinend so vernünftige Antwort drehte ich das Radio auf, das Trauermusik spielte, vermutlich wegen des furchtbaren Mordes.

»Hören Sie gern Musik, Herr Kriminalchef?«

»Nicht diese Art von Musik«, antwortete er, vielleicht um zu vertuschen, daß er Musik überhaupt ungern hörte. Es lag im Wesen des Kriminalchefs etwas Hartes, allzu sachlich Beschränktes. Ich hätte gewünscht, daß der Kriminalassistent wirklich recht gehabt hätte mit seiner Behauptung über die beiden weit voneinander verschiedenen Haltungen, die ein Kriminalbeamter einzunehmen imstande sei – von denen jedoch der Kriminalchef selbst, nach allem zu urteilen, nur die eine aufbringen konnte. Zum Ausgleich fiel mir ein, daß dem Kriminalassistenten wieder nur die andere zur Verfügung stand, die, wohlgemerkt, gar keine wirkliche Haltung war; ja, war seine Auslegung der beiden möglichen Haltungen nicht ein Beweis dafür, daß er in Wirklichkeit überhaupt keine Haltung hatte? Der Chef konnte nur bitter lächeln; denn er war allzu sachlich, um zu lachen; der Assistent wiederum konnte nur spöttisch lächeln oder platt lachen; denn er besaß keine wirkliche Sachlichkeit. Würde es mir einmal vergönnt sein, das Leben mit einem sachlichen Lächeln um den Mund zu betrachten?

Aus diesen Überlegungen erwachte ich mit einem Ruck – wie vorhin, als die Knaben auf dem Polizeihof mit der Hand zum Abschied winkten – und fand sie ziemlich sinnlos. Und wäre ich noch dazu aufgelegt gewesen, mir darüber klar zu werden, was ich selber meinte, so wäre ich in diesen Bestrebungen jedenfalls durch eine Stimme im Radio vollends unterbrochen worden, die sachlich ankündigte:

»Wir machen darauf aufmerksam, daß nach dem nächsten Trauermarsch eine wichtige Mitteilung der Polizei folgt...«

»Stellen Sie ab«, sagte der Kriminalchef, gerade als der Trauermarsch begann.

»Ich hätte gern noch gehört, wie der Kriminalassistent mit einer solchen Sache fertig wird«, sagte ich, und da der Chef nicht antwortete, unterließ ich es, abzustellen. Ich blickte aus dem Fenster und entdeckte, daß wir ins offene Land hinaus gekommen waren, die Lichter des Wagens strichen wie lange Finger tastend über die nackten Felder, vereinzelte Vögel schrien so laut, daß man es durch den Lärm des Motors hindurch im Wagen hören konnte, ja, sogar durch den Trauermarsch in meinem Ohr. Ich versuchte, über den Trauermarsch aufrichtig traurig zu sein; doch da der Mord in jeder Hinsicht problematisch war, hatte ich nichts Rechtes, worüber ich traurig sein konnte. Ich gab es daher auf und hörte auf den Trauermarsch, nur um seinem Ende näherzukommen.

»Jetzt folgt die wichtige Meldung der Kriminalpolizei«, sagte der Mann im Radio. Und im nächsten Augenblick ertönte die etwas zu hohe Stimme des Kriminalassistenten:
»Meine Damen und Herren! Befehlsgemäß habe ich das Vergnügen, den Steckbrief des Ermordeten durchzugeben. Als der Mord geschah, war der Ermordete bekleidet mit einem Pullover, Hosen, Strümpfen und Schuhen, darunter wahrscheinlich mit der üblichen Unterwäsche. Oben auf dem Kopf vermutlich eine Mütze. Ich wiederhole: Pullover – Hosen – Strümpfe – Schuhe – wahrscheinlich Unterzeug – vielleicht Mütze. Über den Ermordeten wird bekanntgegeben, daß er, ohne ein Wörterbuch zu benutzen, seine Muttersprache sprechen und radfahren konnte. Für alle Auskünfte, die zur Ergreifung des Ermordeten führen können, sind Belohnungen in der im Lande gültigen Währung ausgesetzt. Schließlich habe ich das Vergnügen, darauf aufmerksam zu machen, daß diese Meldung nach dem nächsten Trauermarsch wiederholt werden wird. Hochachtungsvoll die Kriminalpolizei.«
Ärgerlich stellte ich das Radio ab, gerade als der Trauermarsch beginnen sollte. Im gleichen Augenblick sagte der Chef:
»Man kann wohl sagen, der Kriminalassistent hat seine Worte in der Gewalt.«
Da der Chef es so gesagt hatte, kam es mir nicht in den Sinn zu leugnen, daß man es wohl sagen könne.
»Unleugbar, das kann man wohl sagen. Nur scheint er mir den Mord etwas zu flott zu nehmen.«
»Etwas zu flott?«
Der Chef hatte sich umgedreht und blickte mich erstaunt an. Durch das Fenster sah ich ein Auto uns in schnellem Tempo entgegenkommen, was der Chef nicht bemerkte, da er ihm den Rücken zukehrte. Es wollte mir gerade durch

den Kopf schießen: jetzt ist alles aus, als der Chef sich wieder umdrehte und mit sicherer Hand dem entgegenkommenden Wagen auswich.

»Sie müssen mir zugeben, daß dieser Ausdruck hier nicht am Platze ist«, meinte er; und aus Angst, er könne sich nochmals umdrehen und mich erstaunt ansehen, wobei alles aus wäre, wenn uns wieder ein Auto entgegenkäme, sagte ich, indem ich die Achseln zuckte, was er ja nicht sehen konnte:

»Das gebe ich zu.«

Schweigend fuhren wir in der finsteren Nacht weiter. Da in einem so kleinen Auto für ein so großes Schweigen immer noch kaum Platz war, sagte ich:

»Kolossal, was für eine Menschenmasse auf dem Hof stand. Weshalb sie nur da standen?«

Der Chef antwortete nicht. Ich fuhr fort:

»Warten sie wirklich auf die Aufklärung des Mordes?« – »Ja und nein«, erwiderte der Chef. »Sie warten wohl auf eine Aufklärung über dieses oder jenes, aber sie wissen wohl selbst kaum über was. Und wenn es auch vornehmlich Mord ist, wofür sie sich interessieren, so braucht es ja doch nicht für alle derselbe Mord zu sein. Jedem sein eigener Mord, kann man fast sagen.«

»Soll das heißen,« fragte ich erschrocken, »daß sie alle auf die Aufklärung irgendeines Mordes warten, den wir gar nicht in Behandlung haben?«

»Tja – ja und nein. Sie hoffen wohl, wenn wir erst diesen Mord aufgeklärt haben, dann werden wir Zeit finden, auch den ihrigen aufzuklären – und gerade bei der Aufklärung dieses Mordes würden wir Erfahrungen gesammelt haben. Im Grunde beurteilen sie uns wie Schuljungen, die sich darin üben, eines schönen Tages fähig genug zu werden, um gerade ihren Mord aufzuklären. Diese Einstellung zu unserer Tätigkeit ist nicht zu verachten; denn sie erhält dadurch ein gewisses Gepräge von Geduld, und Geduld können wir immer brauchen. Natürlich warten sie auf die Aufklärung des Mordes; aber für sie ist es mehr eine Sache, die man diskutieren kann, wenn man gerade nichts anderes zu erledigen hat, etwas, bei dem alle mitreden können – es ist für sie selten ein Sache auf Leben und Tod. Obwohl es doch bei einem Mord um Leben und Tod geht.«

Ich konnte nicht umhin, mich von der Weisheit geschlagen zu fühlen, die aus seinen Worten sprach und die all jene Erfahrung verriet, die mir, wenigstens vorläufig, fehlen mußte. Und mein Glaube festigte sich, daß der Kriminalchef trotz allem einen tieferen Einblick in die Sache hatte als ich und daß er den Wagen mit Sicherheit geradeswegs mitten in das Zentrum des Mordfalles steuern werde.

»Sagen Sie mir nur, Herr Kriminalchef, sind wir auf der Spur?«

Sofort wandte sich der Chef wieder nach mir um und sah mich erstaunt an. Ängstlich blickte ich an ihm vorbei und stellte erleichtert fest, daß diesmal keine fremden Scheinwerfer durch die vordere Scheibe zu sehen waren. Als ich den Chef wieder ansah, hatte er sich schon wieder zurückgedreht.

»Natürlich sind wir auf der Spur.«

Diese Worte machten mich froh und verzweifelt zugleich. Selbstverständlich war es gut, daß wir auf der Spur waren; denn dies war ja unsere Aufgabe. Daß wir jedoch auf der Spur waren, ohne daß ich selber auch nur die leiseste Ahnung hatte, auf was für einer Spur, dieser Gedanke war wenig erhebend. Voller Entsetzen nahm ich die furchtbare Lage vorweg, da ich dem Mörder von Angesicht zu Angesicht gegenüberstehen würde, ohne zu wissen, was ich tun sollte. Ich versuchte mir vorsichtig klar zu machen, ob ich die Aufklärung des Mordes wirklich wünschte – oder ob ich nicht weit lieber in der alten Weise fortfahren und den Gedanken an den Mord beiseiteschieben sollte wie etwas Gleichgültiges und Unangenehmes. Es gelang mir nicht, mich selbst zu durchschauen; vielleicht hieß es Perlen vor die Säue werfen.

Im Laufe der Nacht fuhren wir durch mehrere kleine Provinzstädtchen, deren wie zufällig hingestreute Häuschen den Lärm des Autos zurückwarfen. Sie waren gerade so hoch, daß das Licht der Scheinwerfer durch ihre Scheiben brach, und wenn ich hinausblickte, mußte ich unwillkürlich sehen, wie Kinder in der obersten Etage der zweistökkigen Betten schliefen; einige warfen den Kopf unruhig hin und her, anderen spielte ein leichtes Lächeln um die Lippen. Natürlich beschäftigte mich, wie es ja auch zu meinem Beruf gehörte, der Gedanke, wie ungeheuer leicht es für einen Mörder wäre, diese Kinder zu ermorden. Und bei jedem Kind, das ich hier lebendig erspähte, wurde mir wehmütig froh zumute, daß es noch am Leben war.

Der Nacken des Kriminalchefs bot unentwegt denselben Anblick. Es fiel ihm nie ein, das Schweigen zu brechen, und um dieses hinauszubefördern, war ich ab und zu genötigt, eines der Fenster herunterzukurbeln, wodurch zugleich die kalte Nachtluft Gelegenheit fand, einzudringen und einen Teil meiner Schläfrigkeit wegzublasen. Ich fürchtete, der Kriminalchef werde böse werden, wenn ich einschliefe; denn ich hatte das unbehagliche Gefühl, daß er gekränkt war, weil ich mich nicht erbot, für einen Teil des Weges das Steuer zu übernehmen. Aber ich konnte ja nicht fahren. Insoweit stand dem also nichts im Wege, daß ich mir erlaubte einzunicken, zweifellos aber würde der Chef noch mehr gekränkt sein, wenn ich seine erprobten Fahrkünste nicht mit wachen Augen verfolgte.

Die ganze Nacht hindurch wurde nicht ein einziges Wort zwischen uns gewechselt. Ich erwog eine Zeit lang, mich nach seiner Meinung über den Mord zu erkundigen, fürchtete jedoch, diese Frage könnte durchaus fehl am Platze sein und er würde sich umdrehen und mich erstaunt ansehen, was uns beide womöglich in eine gefährliche Lage bringen konnte.

In den frühen Morgenstunden begann es zu schneien, anfangs ganz sacht, später stärker. Die Felder verschwanden halb unter dem dünnen weißen Schimmer, und mir kam der Gedanke, der Schnee würde, wenn der Mörder noch nicht bis hierher gelangt war, dessen Fußspuren verraten; war er hingegen schon hier durchgekommen, so würde der Schnee sie verdecken.

Wir fuhren durch düstere Wälder, die als Versteck für Mörder geradezu wie geschaffen waren, entdeckten aber keine Spur; wir fuhren am seufzenden offenen Meer entlang, sahen aber kein Schiff fortsegeln. Außer den entgegenkommenden Fahrzeugen begegneten wir nur vereinzelten Wanderern auf unserem Wege, und wenn es auch recht verdächtig war, daß sie zu dieser Zeit draußen waren, so konnten wir sie natürlich nicht festnehmen. Wir langten also unverrichteter Dinge, noch ziemlich früh am nächsten Morgen, an unserem Bestimmungsort an. Die Milchwagen rasselten durch die kleinen und großen Ortschaften, Weckeruhren klingelten in den Häusern, und durch die Fensterscheiben konnte ich beobachten, wie sich Familienväter rasierten, sei es mit dem Messer oder einem elektrischen Apparat, und als die Leute allmählich die Straßen zu bevölkern begannen, blieben sie stehen und sahen uns, wenn wir vorüberfuhren, neugierig nach.

Der Kriminalchef nahm ein Doppelzimmer, weil es, wie er sagte, absolut notwendig war, daß wir beständig miteinander verhandeln konnten. Aber ich hatte das schreckliche Gefühl, als habe er kein Vertrauen zu mir und halte es für erforderlich, meinen sittlichen Wandel zu überwachen. In dem Zimmer stand ein großes altmodisches Ehebett mit einem Betthimmel und hellblauseidenen Vorhängen mit Fransen. Ich wünschte von Herzen, daß sich der Aufenthalt an diesem Ort auf eine möglichst kurze Zeit beschränken werde, konnte aber den Kriminalchef keinesfalls nach der Dauer des Aufenthaltes fragen, ohne daß er das peinlich Ungeduldige in meiner Frage herausgehört hätte. Ich gab daher meiner Unzufriedenheit mit dem Doppelbett auf andere Weise Ausdruck. Außer dem Bett gab es nämlich in diesem Zimmer nur die Fenster, einen Spiegel, einen Schrank, eine schwerfällige Bornholmer Uhr, einen Tisch, der mit einer Bibel spärlich dekoriert war, zwei Stühle, ein Waschbecken, die Wände – doch kein Telefon. Natürlich konnten wir in unserer Situation ein Telefon nicht entbehren, zumal ich ja dem Kriminalassistenten Ordre gegeben hatte, uns Minute für Minute über die Lage zu unterrichten; ich fühlte mich daher zu der Frage berechtigt:

»Können wir denn in einem Zimmer wohnen, in dem kein Telefon ist?« Der Chef sah mich erstaunt an und hätte mir vielleicht eine schroffe Antwort gegeben; in meinen Worten lag ja eigentlich eine versteckte Kritik an seinen Dispositionen. Aber in diesem Augenblick kam der Hausdiener, ein freundlicher, stämmiger, blonder Bursche, mit zwei großen Koffern herein, dem Gepäck des Kriminalchefs. Wie der Chef diese Koffer mitbekommen hatte, begriff ich nicht, im Wagen hatte ich sie jedenfalls nicht gesehen. Doch jetzt

beschäftigte es mich mehr, daß ich selbst überhaupt kein Gepäck mithatte und daß dies zu peinlichen Zwischenfällen führen könnte. Daher sagte ich ärgerlich zum Hausdiener: »Ist es denn nicht möglich, ein Zimmer mit Telefon zu bekommen?«
Der Hausknecht grinste breit – er hatte ein fülliges Gesicht – und enthüllte dabei, daß seine Oberzähne schief standen:
»Leider haben wir keine Doppelzimmer mit Telefon. Es wäre nur möglich, zwei Einzelzimmer zu nehmen.«
Leise, damit in meiner Stimme für Freude kein Platz blieb, sagte ich zum Chef:
»Dann müssen wir die nehmen.«
»Unmöglich,« erwiderte der Chef, »wir müssen immer Gelegenheit haben, über diesen wichtigen Fall miteinander zu verhandeln. Oder finden Sie es etwa bequem, falls im Laufe der Nacht ein Anruf kommt, im Pyjama auf dem Flur hin und her zu laufen und über die Schuhe zu stolpern, die von den Hotelgästen zum Putzen hinausgestellt sind?«
Ich glaubte sehr wohl, um diese Schuhe herumgehen zu können, da ich mir aber ohnehin nichts daraus machte, im Pyjama auf dem Flur hin und her zu laufen, noch dazu, wo ich gar keinen Pyjama mithatte, schwieg ich still. Der Chef sagte zum Hausknecht:
»Der Wirt wird zweifellos dafür sorgen, daß in diesem Zimmer für die Zeit, die wir uns hier aufhalten, ein Telefon eingerichtet wird.«
»Das weiß ich nicht«, antwortete der Hausdiener nachdenklich; er verzog dabei seine Unterlippe und verriet, daß seine Unterzähne gerade standen. »Der Wirt hört nicht gern das Telefon klingeln.«
Der Chef sah den Burschen forschend an, dann wendete er sich achselzuckend ab, so als könne er sich damit abfinden,

das Telefon entbehren zu müssen. Ich aber sagte gereizt zu dem Burschen: »Bitte den Wirt heraufzukommen.«

»Jawohl,« antwortete der Bursche, »aber ich weiß nicht, ob er kommen wird; er geht nicht gern vom Telefon weg.«

»Danke, ausgezeichnet«, meinte plötzlich der Kriminalchef, kramte ein recht großes Geldstück aus seiner Tasche hervor und reichte es dem Hausdiener, der sich mit einer Verbeugung entfernte. Ich wendete mich nach dem Chef um und war drauf und dran, ziemlich scharf darauf hinzuweisen, daß ich den Mord unmöglich aufklären könne, wenn ich kein Telefon zur Verfügung hätte. Der Chef aber gab sich in diesem Augenblick durchaus so, als sei er nicht im Dienst. Er hatte seine Uniformjacke ausgezogen und stand jetzt vor dem Spiegel, um den Schlips abzunehmen.

Voller Ärger setzte ich mich auf einen der Stühle und starrte den Himmel an, der zwischen den weißen Flocken taghell zu werden begann. Das Verhalten des Chefs wurde mir immer rätselhafter. Ich begriff nicht, warum wir den Mord an diesem entfernten Ort behandeln sollten. Nachdem der Chef doch selber gesagt hatte, er sei wahrscheinlich in der Hauptstadt oder zum mindesten in einer ihrer Vorstädte begangen worden. Und ich begriff seine Lässigkeit in der Telefonfrage nicht. Seine Behauptung, wir müßten immer Gelegenheit haben, miteinander zu verhandeln, konnte ich nur als Vorwand auffassen, denn in Wirklichkeit hatten wir während der ganzen Zeit, die ich im Dienst der Kriminalpolizei stand, über den Mord überhaupt noch nicht verhandelt. Wenn ich auch vor seiner starken Persönlichkeit große Achtung hegte, so konnte ich mich des Argwohns nicht erwehren, daß es ihm gar nicht auf Leben und Tod darum zu tun war, den Mord aufzuklären, sondern daß es ihm viel wesentlicher war, mich zu überwachen. Offenbar wagte er es nicht, mich aus den Augen zu lassen. Aber weshalb nicht?

War es beruflicher Ehrgeiz und fürchtete er, daß ich – der ich ja nach seinen eigenen Äußerungen von dem Mord mehr verstand als das gesamte übrige Korps zusammen – unabhängig von ihm den Mord aufklären und die Ehre allein einheimsen würde, obwohl er mein Vorgesetzter war? Dies konnte als das Wahrscheinlichste gelten. In diesem Fall war seine Furcht jedoch unbegründet: für mich war die Aufklärung des Mordes keineswegs eine Sache des Ehrgeizes. Der Mordfall war weit wichtiger als alle menschlichen Aspirationen, und es wunderte mich, daß der Kriminalchef das nicht merkte.
Der Kriminalchef hatte sich unterdessen auf das Bett gesetzt, um seine Stiefel aufzuschnüren, wobei sein Oberkörper hinter dem himmelblauseidenen Vorhang verborgen blieb. Es klopfte an der Tür. Ich wartete so lange, bis mein Vorgesetzter gebührend Gelegenheit gehabt hatte ›herein‹ zu rufen; da er aber schweigend damit fortfuhr, seine Stiefel aufzuschnüren, gestattete ich mir, selber zu antworten:
»Herein!«
»Ich bin der Wirt«, stellte der Eintretende sich vor. Es war ein hagerer Mann in einem bescheidenen grauen Anzug. An seinem schäbigen Kopf hatte er Haare einzig in den Einsenkungen über den Ohren und in der Form eines Bartes unter der Nase. Seine gelblichen Augen musterten neugierig meine Uniform und die meines Chefs, die allerdings größtenteils hinter dem Vorhang verborgen war.
»Ich bin mir klar, daß es sich um die Aufklärung des Mordes handelt«, sagte der Wirt; und ich für mein Teil war mir klar, daß der Wirt nicht gekommen war, weil ich ihn hatte rufen lassen, sondern weil er uns – mit der Neugier, die für Hotelbesitzer der Provinz oft charakteristisch ist – über den bedeutsamen Mord ausholen wollte. Mithin war mir sein Kommen ganz begreiflich.

»Jawohl«, sagte ich zur Bekräftigung; denn wenn ich seine neugierigen Fragen völlig abwiese, mußte ich befürchten, ihn zu kränken, so daß er dann meinem begreiflichen Wunsch bestimmt nicht nachkommen würde:
»Und Sie werden es zweifellos verstehen, daß wir unter diesen besonderen Umständen das Telefon unmöglich entbehren können.«
Der Wirt verbeugte sich förmlich vor lauter beflissener Freundlichkeit:
»Natürlich werde ich unverzüglich zu der führenden Telefongesellschaft in der Hauptstadt schicken, und ich werde nicht unterlassen, diese Gesellschaft ausdrücklich zu bitten, den besten Apparat aus Amerika kommen zu lassen.«
»Das ist nicht vonnöten. Ein ganz gewöhnlicher Apparat tut es auch.«
»Keineswegs«, widersprach der Wirt mit gleichbleibender Höflichkeit. »Vergessen Sie nicht, daß es sich um einen bedeutsamen Mordfall handelt, der kaum ohne die vollkommensten technischen Hilfsmittel aufgeklärt werden kann. Seit ich vor bald dreißig Jahren dieses Hotel kaufte, bin ich nie von dem Grundsatz abgegangen, meinen Gästen stets mit dem modernsten Komfort zu dienen.«
Bei diesen Worten legte der Wirt die Hände an die Hosennaht und verbeugte sich feierlich. Als er endlich den Kopf wieder hob, war ich noch so voller Wut, daß ich nicht zu antworten vermochte. Daher verbeugte sich der Wirt noch einmal ebenso umständlich wie vorher.
»Natürlich erkenne ich Ihren lobenswerten Grundsatz voll an, dessen Berechtigung nicht in Zweifel gezogen werden darf,« sagte ich und entdeckte ärgerlich, daß ich mich jetzt selber vor dem Wirt verbeugte, der sich seinerseits zum dritten Mal verneigte, »aber in diesem Falle würde recht viel Zeit verstreichen.«

»Keineswegs,« unterbrach mich der Wirt, dem es jetzt wohl aufgegangen war, daß es mir eilte, »ich habe die allerbesten Verbindungen zu allen Teilen der Welt, und mit der Installation könnte schon in vierzehn Tagen begonnen werden.«
Ich sah mich hilfesuchend nach dem Kriminalchef um, der inzwischen die Stiefel ausgezogen hatte, wobei seine karierten Strümpfe zum Vorschein gekommen waren. Im übrigen blieb jedoch der größte Teil seines Körpers unsichtbar in Schweigen verborgen.
»Aber wir können unmöglich so lange warten«, entgegnete ich.
»Nein?« fragte der Wirt verblüfft. »Ich hatte nicht gedacht, daß es eine so große Rolle spielt, ob ein Mord einen Tag früher oder später aufgeklärt wird. Vielleicht machen sich aber in diesem Falle besondere Umstände geltend?«
Diese Frage, die deutlich die krampfhafte Neugier des Wirtes verriet, konnte ich natürlich nicht beantworten. Aber ich war mir nach wie vor darüber klar: wenn ich es unterließ, seine Neugier zu stillen, würde auch er es unterlassen, meine bescheidensten Wünsche zu befriedigen. Ich mußte also ganz darauf verzichten, zumal ich aus dem Schweigen des Kriminalchefs offenkundige Kritik an meinen Bestrebungen herausfühlte. Seine kritische Haltung hinter dem gefransten Vorhang reizte mich aber derart, daß ich fast zu weit ging:
»Wie ich höre, haben Sie Einzelzimmer mit Telefon?«
»Selbstverständlich,« antwortete der Wirt etwas beleidigt, »dies ist ein Hotel erster Klasse.«
»Vielleicht wäre es für alle Teile bequemer, wenn wir anstatt dieses Zimmers zwei Einzelzimmer nähmen«, sagte ich kühn und war eisern entschlossen, wirklich Einzelzimmer zu mieten, falls der Chef es weiterhin unterließ zu reagieren.

»Wie Sie wünschen«, sagte der Wirt und verbeugte sich wieder.

»Ich habe Ihnen doch erklärt,« ertönte die Stimme des Kriminalchefs hinter dem Vorhang, »daß wir ständig Gelegenheit haben müssen, miteinander verhandeln zu können.«

Ich antwortete nicht. Der Wirt aber verbeugte sich in Richtung der Strümpfe des Chefs und sagte:

»Dann schreibe ich also unverzüglich an den besten Telefonlieferanten der Welt. Bis die Installation ins Werk gesetzt werden kann, stelle ich Ihnen mein eigenes Telefon zur freien Benützung voll und ganz zur Verfügung; zwar ist es technisch nicht so vollkommen, wie es sich für eine so ernste Sache gebührt, es kann aber doch alle Stimmen des ganzen Erdballs aufnehmen. Ja, ich erbiete mich, jede Nachricht selbst entgegenzunehmen, so daß die Herren in ihren bedeutsamen Besprechungen nicht unterbrochen werden.«

Der Wirt verbeugte sich wieder und sah daher nicht, daß der Kriminalchef seinen Kopf unter dem Vorhang hervorstreckte und zum Zeichen, daß dies Angebot angenommen war, zustimmend nickte. Als der Kopf des Wirtes wieder in die Höhe kam, sah er mich daher noch immer forschend an, und ich war wider Willen gezwungen zu antworten:

»Sehr wohl.«

Als der Wirt sich entfernt hatte, war ich drauf und dran, darauf hinzuweisen, wie äußerst unzuträglich es doch sei, wenn der Wirt Gelegenheit bekäme, unsere geheimen Nachrichten abzuhören. Denn konnte man von vornherein die Möglichkeit von der Hand weisen, daß dieser Mann, der aussah, als sei er zu allerlei fähig, mit den Verbrechern unter einer Decke steckte und sie warnen würde, sobald er dazu Gelegenheit bekam? Doch ehe ich noch etwas sagen konnte, hatte sich der Chef bereits gewichtig geäußert:

»Dieser Hotelwirt ist zweifellos ein vortrefflicher Mensch.«

Während ich unschlüssig im Zimmer auf und ab ging, machte sich der Chef daran, den einen seiner Koffer auszupacken. Er nahm ein Kleidungsstück nach dem andern heraus, alte Uniformen, mehrere Anzüge, Fräcke und Smokings und hängte sie auf Bügeln in den Schrank. Danach fing er an, hohe Stapel von Wäsche auf den Tisch zu legen, sie zu sortieren und in einer Schublade unterzubringen, die den Schrank unten abschloß. Für die Hemden war dort kein Platz; so legte er sie vorläufig auf das Bett hinter dem Vorhang, während er sich einmal nach mir umsah, um sich zu vergewissern, ob ich dies bemerkt hätte und mich nicht etwa unversehens auf sie setzen würde. Dann packte er den zweiten Koffer aus, legte einen Haufen zusammengerollter Socken auf den Boden des Schrankes und darauf mehrere Mützen. Den einen Stuhl belegte er mit zahlreichen Gesetzbüchern, den anderen mit einem Stapel gelben Papiers; aufs Fensterbrett stellte er zwei leere Blumenvasen und holte zum Schluß eine eingerahmte Photographie nach der anderen hervor. Mit jeder einzelnen wanderte er lange hin und her und hielt sie gegen die rötliche Tapete, bald hierhin, bald dorthin, als wollte er untersuchen, wo sie am günstigsten angebracht werden könnte. Nachdem er lange Zeit mit dieser Beschäftigung fortgefahren war, holte er schließlich einen Hammer und ein großes Paket Nägel aus einem Geheimfach des Koffers und begann die Bilder aufzuhängen.
Ich merkte, daß der Kriminalchef auf einen längeren Aufenthalt an diesem entlegenen Ort vorbereitet war. Verzweifelt und vom Mangel an Essen und Schlaf ermattet ging ich im Zimmer auf und ab; da der Chef beide Betten und die beiden Stühle mit Beschlag belegt hatte, konnte ich mich nirgends hinsetzen. Weil ich in dieser Lage, überdies noch durch das andauernde Hämmern des Chefs gepeinigt, unmöglich konzentriert an der Aufklärung des Mordes arbei-

ten konnte und weil der Mensch bekanntlich irrsinnig werden kann, wenn er nichts zu tun hat, machte ich mich notgedrungen daran, bald die eine, bald die andere der vielen Photographien des Kriminalchefs zu betrachten. Damit schien er sehr zufrieden zu sein; er überzeugte sich durch ständige Seitenblicke davon, welches Bild ich gerade ansah und gab dazu jedesmal eine kurze Erklärung:

»Da bin ich vier Monate alt.«

»Das bin ich mit vierzehn Jahren.«

»Damals war ich dreiundzwanzig Jahre und drei Monate.«

»Dort genau doppelt so alt, sechsundvierzig und ein halbes Jahr.«

Jedesmal nickte ich mit interessierter Miene, obwohl mir nicht danach zumute war. Bei dieser Beschäftigung war ich nur von der Erwartung gespannt, ob nicht unter der unübersehbaren Ansammlung von Bildern, die nach und nach die ganze Tapete bedeckten, ein einziges zu finden wäre, das nicht den Kriminalchef selbst darstellte; doch ein solches Bild entdeckte ich nicht. Bald starrte mich von allen vier Wänden der Kriminalchef in jedem Lebensalter mit zahllosen Augen an.

Trotz des großen Altersunterschiedes zwischen den verschiedenen Bildern glich er auf allen sich selbst. Schon bei seiner Geburt hatte er offenbar weißes Haar gehabt, und sein jetziges weißes Haar war demnach keine Alterserscheinung, sondern eine ununterbrochene Fortsetzung. Auf allen Bildern zeigte sein Blick ein starres Erstaunen, nur ging dieses Erstaunen mehr oder weniger ins Vorwurfsvolle oder gar Anklagende über. War er lächelnd photographiert, so war dieses Lächeln stets bitter, vielleicht sogar ein wenig zynisch. Aus sämtlichen Bildern, vom jüngsten bis zum ältesten hin, vermeinte ich seinen Mangel an Vertrauen in mich herauslesen zu können.

Als es jetzt an die Tür klopfte und ich endlich – weil der Kriminalchef immer noch ein paar Bilder übrig hatte und sie aufhängen wollte, obwohl kaum noch Platz dafür war, und weil er daher keine Zeit hatte zu antworten –, als ich endlich rief: »Herein!« und der Hausdiener wirklich kam, da spürte ich beim Anblick dieses runden Gesichtes mit dem hellen Haar und dem jungenhaften Lächeln, das wiederum seine leicht schiefstehenden Oberzähne entblößte, eine gewisse Erleichterung, die beinahe an Freude grenzte.
»Das Mittagessen ist fertig«, sagte er.
»Danke!« Ich nickte ihm lächelnd zu, und er nickte genau ebenso zurück, so daß es mir nicht ganz ausgeschlossen schien, daß er mich vielleicht zum Narren halten wolle.
»Bitte bringen Sie das Essen herauf«, sagte der Chef, legte den Hammer fort und die Gesetzbücher und das gelbe Papier auf den Fußboden, damit die Stühle frei wurden.
»Gerne«, erwiderte der Bursche und ging.
Erschöpft ließ ich mich auf den einen Stuhl fallen. Der Chef nahm natürlich auf dem anderen Platz.
»Eine Table d'hôte ist für Kriminalverhandlungen nicht geeignet«, erklärte er, und ich stimmte seinen Worten zu. Nachdem der Bursche das Essen hereingebracht hatte, aßen wir gleichwohl, ohne zu verhandeln. Als er wiederkam und den Tisch abdeckte, gab ihm der Chef nochmals eine so große Münze, daß er sich nur mühsam enthalten konnte, vor Freude rot zu werden. Ich selbst hatte vergessen, Geld mitzunehmen.

IV. Der Rapport

Drei Wochen lang hatten wir uns nun in dem Hotel aufgehalten, der Schnee lag jetzt draußen so hoch, daß es den Telefonarbeitern unmöglich war, durchzukommen. Der Chef hatte plötzlich davon zu sprechen begonnen, daß es an der

Zeit sei aufzubrechen; da die Straßen für Autos jedoch unpassierbar waren, mußten wir dableiben. Durch diese beträchtliche Verzögerung wurde der Chef so gereizt, daß ich mich nicht getraute, ein gleichgültiges Wort an ihn zu richten, um so weniger, als gar nichts geschehen war, was die Sache hätte beschleunigen können. Jeden Morgen bat ich den Hausdiener, den Wirt heraufzuschicken, um uns wissen zu lassen, ob wohl im Laufe der Nacht irgendwelche Anrufe gekommen seien; aber er kehrte jedesmal mit dem Bescheid zurück, der Wirt wage das Telefon nicht zu verlassen, da er den wichtigen Auftrag habe, für die Kriminalpolizei das Telefon zu bedienen. Zwar seien im Laufe der Nacht so viele Anrufe gekommen, daß der Wirt überhaupt kein Auge zugetan habe, doch sei keiner so wichtig gewesen, daß er es für nötig gehalten habe, uns aus dem Schlafe zu wecken, der für uns, die wir den ganzen Tag in allentscheidende Verhandlungen vertieft seien, dringend notwendig sei. Diese sich täglich wiederholende alte Leier reizte mich derart, daß ich zuweilen eine fast unbezwingliche Lust verspürte, den Burschen, der doch gar nichts dafür konnte, zu prügeln. Da aber der Kriminalchef es genauso gut hörte wie ich und nie etwas dagegen einzuwenden hatte, mußte ich wohl oder übel meine Wut in mich hineinfressen.

Eines Nachmittags, als ich wie gewöhnlich im Zimmer auf und ab ging, während der Chef eines seiner Gesetzbücher repetierte, richtete er unvermittelt das Wort an mich, und das in einem keineswegs sanften Ton:

»Es erstaunt mich, daß Sie, der Sie doch eine solche Affinität zu diesem Mord haben und dem Kriminalassistenten gegenüber selber darauf bestanden haben, mich auf dieser Entdeckungsreise zu begleiten, noch nicht das geringste geleistet haben, was zur Aufklärung des Falles beitragen könnte. Nicht das geringste! Ich muß Sie darauf aufmerksam machen, daß die Öffentlichkeit bereits seit Jahren auf einen Rapport von Ihrer Hand gewartet hat. Aber obschon Sie infolge der Verzögerung, die der starke Schneefall verursacht hat, dazu reichlich Gelegenheit gehabt hätten, habe ich Sie noch nicht die mindeste Initiative zeigen sehen, ein solches Schriftstück abzufassen. Ich fühle mich dazu verpflichtet, Sie aufs energischste aufzufordern, den Rapport noch heute fertigzustellen, da wir sonst leicht den günstigen Zeitpunkt verpassen könnten.«

Ich hörte die vorwurfsvollen Worte des Chefs schweigend an; sie wurden noch durch die tausend gestrengen Augen, die seine Bilder auf mich richteten, unterstrichen. Der Chef erhob sich und nahm aus dem Stoß von Papieren, die immer noch auf dem Fußboden lagen, ein paar gelbe Bogen heraus und reichte sie mir:

»Schreiben Sie ihn hierauf«, sagte er, ohne mich anzusehen.

Ich blickte auf das Papier, das oben mit seltsamen Zeichen und altmodischen Buchstaben versehen war, die ich nicht zu deuten wußte. Ich legte sie vor mich auf den Tisch, sah den Chef an und wollte mein Versäumnis damit entschuldigen, daß ich nichts zum Schreiben hätte; doch schwieg ich, weil es mir allzu kindisch klang. Statt dessen klingelte ich nach dem Hausdiener und bat ihn sachlich, mir Feder und Tinte zu bringen; ich wünschte in ihm die Vorstellung zu erwecken, daß etwas außerordentlich Wichtiges bevorstünde. Als er das Verlangte sogleich brachte, war ich über seinen Diensteifer auch wieder erbost, denn ich hätte eine längere Bedenkzeit gut brauchen können. Es blieb mir jedoch nichts anderes übrig, als mich möglichst zerstreut zu bedanken, gewissermaßen als Entschuldigung dafür, daß ich nicht wie der Kriminalchef ein größeres Geldstück zur Verfügung hatte.

»Vielen Dank«, sagte ich, tauchte die Feder ein und sah zum Fenster hinaus, während der Chef, ohne aufzublicken, weiterlas. Natürlich hatte ich keine Ahnung, worüber ich schreiben sollte. Einesteils wußte ich überhaupt nicht, wie man ein solches Schriftstück im allgemeinen abfaßt, andernteils war meine Kenntnis dieses speziellen Falles immer noch äußerst spärlich, nicht zuletzt, weil die Berichte des Kriminalassistenten mich niemals erreichten. Da ich also nichts wußte und trotzdem einen Rapport schreiben sollte, mußte es sich für mich im wesentlichen darum handeln, meine Unkenntnis zu verschleiern, um einerseits den Verlust meiner guten Stelle zu vermeiden, andererseits die Öffentlichkeit hinhalten zu können. In diesem Sinne schrieb ich nun den Rapport, von tiefem Nachdenken und quälenden Zweifeln häufig unterbrochen.

›Wenn man der Aufklärung eines Mordes gegenübersteht, ist es vor allem notwendig, sich klar zu machen, daß vor der tatsächlichen Aufklärung des Mordes unmöglich etwas Bindendes darüber zu sagen möglich ist, wann die Aufklärung erfolgen wird oder wieweit der Prozeß fortgeschritten ist, der zu der Aufklärung selbst führen soll. Erst in dem Augenblick, da der Mord aufgeklärt ist, hält man den Schlüssel zum Verständnis dessen in der Hand, was vorhergegangen ist. Es muß also dahin verstanden werden, daß ein Mord zweierlei wesentlich voneinander Verschiedenes ist. Wollte man nämlich behaupten, ein Mord sei ein Mord, gleichgültig, ob er nun aufgeklärt ist oder nicht, so setzt man mit allzu elegantem Schwung über die tragische Lage hinweg, die der Mensch als seine eigene zu akzeptieren gezwungen ist. Für den Menschen gibt es schwerlich einen höheren Standpunkt als den des Menschen. Es ist also unmöglich, von dem Mord als von einer Tatsache zu sprechen; denn der Mord ist keine Tatsache, sondern ein Rätsel. Mag diese Erkenntnis auch eine noch so tragische sein, wir müssen doch anerkennen, daß wir, bevor der Mord nicht aufgeklärt ist, überhaupt nichts über den Mord wissen können, nicht einmal, ob er geschehen ist. Erst wenn der Mord aufgeklärt ist, ist es möglich, sich Kenntnis davon zu verschaffen, ob von einem Mord überhaupt gesprochen werden konnte.‹

Als ich soweit gekommen war, spürte ich, daß es an der Zeit sei, die einleitenden Betrachtungen abzubrechen und zur Sache zu kommen. Während ich darüber grübelte, wie ich das anfangen sollte, konnte ich nicht umhin, auf Kinderart am Federhalter zu kauen. Dies mochte der Chef gehört haben; er fragte nämlich scharf, ohne aufzublicken:

»Schreiben Sie?«

Ich war also gezwungen, ohne längere Bedenkzeit fortzufahren:

›Gibt es nun eine unüberwindliche Kluft zwischen dem Rätsel und der Aufklärung des Mordes? Ist es nicht lächerlich, wenn die Gesellschaft eine Kriminalpolizei für eine Tätigkeit bezahlt, die dazu verdammt ist, fruchtlos zu enden? Kann man erwarten, daß der gemeine Mann dem Kriminalbeamten, den er nur aus dessen üblichem galgenhumoristischen Jargon kennt, besonderes Vertrauen schenken und geduldig darauf warten wird, daß ein Mord sich aufklärt, zu dessen Aufklärung es überhaupt keine Mittel gibt? Worauf können wir uns berufen, wenn die Menschen diese Anklage gegen uns richten?‹

Ich machte wiederum eine Pause, mußte aber soviel Energie darauf verwenden, nicht auf dem Federhalter zu kauen, daß ich keine Kraft besaß, gründlich nachzudenken. Die Bemerkung des Kriminalassistenten über den galgenhumoristischen Jargon des Kriminalbeamten, die mir unwillkürlich in die Feder geflossen war, bereute ich so tief, daß ich drauf und dran war, das Blatt zu zerknüllen und auf einem neuen Bogen neu zu beginnen. Da ich indessen bezweifelte, ob ich nochmals eine Seite würde schreiben können, ohne den mir unbekannten Kern der Sache zu berühren, fuhr ich auf demselben Blatt fort:

›Wie es dem normalen Menschen natürlich erscheint, diese Fragen an die Kriminalpolizei zu stellen, so erscheint es wiederum der Kriminalpolizei natürlich, an normale Menschen folgende Fragen zu stellen: muß denn, weil – wenn auch nicht seit Ewigkeiten, so doch seit langer Zeit – anscheinend vergebens an der Aufklärung des Mordes gearbeitet worden ist, muß mithin diese Zeit wirklich vergeudet sein? Kann denn überhaupt, bevor die Aufklärung abgeschlossen ist, entschieden werden, wie lange Zeit sie nötig hatte? Wie ein Land, das vom Meere weggespült wurde, Land blieb, bis es weggespült wurde, auch wenn diese Arbeit des Meeres Jahrtausende gedauert hat, ebenso ist ein Mord so lange unaufgeklärt, bis es aufgeklärt ist, ob diese Aufklärung auch tausend Jahre dauert.‹

Ich entdeckte in aller Eile, daß der letzte Satz auf zweierlei Art und Weise verstanden werden konnte: ›bis es aufgeklärt ist, ob diese Aufklärung auch tausend Jahre dauert‹ – und der Gedanke, daß dem einfachen Leser Zweifel kommen könnten, ob es eigentlich das Verbrechen sei oder nur dessen Aufklärung, was aufgeklärt werden solle, ließ mich auflachen, so daß der Chef mich verwundert ansah. Ich mußte annehmen, daß der Chef mit meinem Rapport kaum zufrieden sein werde: eignete er sich denn so besonders dafür, die Öffentlichkeit zu unterrichten? Ich mußte im stillen zugeben, daß er das nicht tat, und brachte ärgerlich, aber ehrlich, dieses Eingeständnis zu Papier:

›Vielleicht würde man konkrete Aufschlüsse diesen allgemeinen Betrachtungen vorziehen. Aber die Details des Mordfalles sind den meisten, die dieses lesen, noch unbekannt, und es würde deshalb wenig nützen, sie darzustellen. Hingegen können unsere Betrachtungen vielleicht mit Gewinn einen irdischen Rückhalt an einem Mordfall suchen, der alt genug ist, um jedermann so sehr an ihn gewöhnt zu haben, daß ein jeder ihn zu verstehen glaubt: ich meine die Geschichte von Kain und Abel, die leicht in der Bibel nachgeschlagen werden kann, die heute noch in jedem Hotelzimmer ausliegt. Der einfache Leser wird sofort sagen: Kain ermordete Abel und wurde mit Landesverweisung bestraft; der Fachmann aber wird sich am Kopf kratzen und wird fragen: ist dieser Mord überhaupt aufgeklärt? Da es zu jener Zeit noch keine wohlorganisierte Kriminalpolizei gab, spricht sehr vieles für die Berechtigung dieser Frage. Abel und Kain sind dahingegangen; dahingehen müssen wir alle einmal. Wie aber konnte jemand, der den Tod nicht kannte, sagen: Abel ist tot; wie konnte jemand, der fremde Länder nicht kannte, sagen: Kain zog in ein fremdes Land; wie konnte jemand, der keinen Mord kennengelernt hatte, sagen: Kain mordete Abel? Später sollten die Menschen Tod, Mord und Landesverweisung kennenlernen – aber wie lernten sie dies alles kennen? Lernten sie wirklich Kains Mord kennen? War es Kain, der den ersten Tod ins Leben rief, oder legten sie nur Kain als Mörder aus, um ihre eigenen Morde zu begründen, so als gehöre es zum Menschen, zu morden? Wenn Kain nur etwas war, was sie selbst auslegten, so war Kain nicht wirklich; wie aber konnten dann die Morde wahr sein, die aus dieser Auslegung folgten? Wie konnte man Morde aufklären, wenn die Morde nur das Ergebnis von Mißverständnissen kleiner Menschen im Laufe der Zeiten waren, ja, wie konnte man Mord aufzuklären trachten, wenn das, was aufgeklärt werden sollte, überhaupt nicht der Mord war, sondern: daß es kein Mord war?‹

Bei der Vorstellung, daß womöglich gar kein Mord geschehen war, mußte ich wieder lachen; denn sie zog weitere Vorstellungen darüber nach sich, welche Verwirrung diese Worte bei den Lesern hervorrufen würden, obwohl sie doch so selbstverständlich waren. Ich stellte mit Befriedigung fest, daß ich fast drei Bogen vollgeschrieben hatte, und schickte mich an, den Bericht abzuschließen. Es blieb mir noch übrig, mich dagegen zu sichern, daß meine letzten Worte dahin mißverstanden werden könnten, als sei gar kein Mord geschehen, was ja doch auf die ganze wichtige Tätigkeit der Kriminalpolizei ein merkwürdiges Licht geworfen hätte. Ich ergriff also den Federhalter, der inzwischen an den verschiedensten Stellen zerkaut war – und schrieb zum Abschluß diese Zeilen:
›Natürlich wird es niemandem einfallen, obiges so aufzufassen, als ob es wirklich der eventuelle Mord an Abel sei, an dessen Aufklärung wir arbeiteten. Niemand ist im Zweifel, welcher Mord im Mittelpunkt unseres Interesses steht, und es wäre verschwendete Mühe, wenn man diese Mühe darauf verschwendete, dies zu erklären. Im augenblicklichen Zeitpunkt kann die Kriminalpolizei weitere Auskünfte nicht bieten außer denen, die jeder schon kennt, aber wir haben zum Schluß das Vergnügen, darauf aufmerksam zu machen, daß der Mord täglich zur üblichen Zeit in der Tagespresse kommentiert werden wird. Die Kriminalpolizei.‹
Ich las den Rapport nochmals durch und hatte das flüchtige, aber wohlige Gefühl, für meinen Beruf geeignet zu sein; als ich jedoch an den Schluß kam und mein Blick über die Formulierung des Kriminalassistenten stolperte, da wurde ich mit mir wieder unzufrieden. Ich wollte mich daran machen, den letzten Absatz noch einmal zu schreiben, als der Kriminalchef sein Gesetzbuch zuklappte und fragte:
»Sind Sie fertig?«
»Ja«, antwortete ich und reichte ihm die Blätter.

»Danke«, sagte er und erhob sich, und ohne auch nur einen einzigen flüchtigen Blick auf eine einzige Seite zu werfen, schob er die Blätter an verschiedenen Stellen in den hohen Stapel auf dem Fußboden, wo sie kaum so leicht wieder herauszufinden waren.
»Es ist Zeit, zu Bett zu gehen, wenn wir morgen ordentlich arbeiten wollen«, sagte er und setzte sich hin, um sich die Strümpfe auszuziehen.
»Vergessen Sie nicht, Ihr Unterzeug abzulegen, Herr Kriminaloberassistent, Sie haben es schon drei Wochen lang nicht gewechselt.«
Ich hatte angefangen, an den Nägeln zu kauen.

V. Der Hausdiener

Als ein weiterer Monat verstrichen war, ohne daß der Schnee schmolz, und wir dadurch weder unser Telefon erhalten noch aus dem Hotel fortkommen konnten, erklärte der Kriminalchef, jetzt sei es an der Zeit, zu rekognoszieren. Eines Morgens überließ er mir plötzlich die laufenden Geschäfte, und zum ersten Mal in dieser langen Zeit blieb ich allein. Ich hörte ihn das Auto auf den Hof hinausfahren und sah den Wagen durch den Schnee wegrollen, während der Wirt mit einer Schaufel vor ihm herging und den dicksten Schnee beiseiteschippte. Gerade wollte ich meine Freiheit dadurch feiern, daß ich lange und ungeniert gähnte und hatte schon meine Arme von mir gestreckt, da klopfte es an die Tür, und der Hausknecht trat ein. Ich ließ die Arme fallen und sah ihn fragend an, er aber setzte sich wortlos auf einen der beiden Stühle und legte die Beine auf den Tisch, auf dem bisher nur die Bibel gelegen hatte. Ärgerlich nahm ich eines von den Gesetzbüchern des Kriminalchefs und ließ mich damit auf dem anderen Stuhl nieder.

Eine Glocke schlug an. Ich hatte diesen Ton in diesem Doppelzimmer bisher noch nie gehört und hielt ihn für das Signal, daß nun endlich das Telefon damit ernstgemacht hatte, einen wichtigen Bescheid zu bringen. Ich sprang daher vom Stuhl auf und wollte zur Tür eilen, als der Hausdiener sagte:
»Immer mit der Ruhe, Herr Kriminaloberassistent, es ist nur einer von den Gästen, der sich die Mühe macht, nach mir zu klingeln.«
Ich blieb stehen.
»Aber weshalb läutet denn die Klingel für die Bedienung hier im Zimmer?«
»Natürlich weil ich hier drin bin. Ein Hausdiener muß es immer hören können, wenn nach ihm geklingelt wird.«
Dieses sagte er in einem so überzeugenden Tone, daß ich jeden Einwand aufgab und mich wieder auf dem Stuhl niederließ. Allerdings wunderte es mich, daß er es nicht für nötig befand, auch nur die Beine vom Tisch zu nehmen, wenn nach ihm geklingelt wurde, und da er nicht reagierte, wurde natürlich immer weiter geklingelt, und die schrille Widerwärtigkeit des Tones nahm mit der Zeit zu. Der Hausdiener wollte mich also ebensowenig allein lassen, wie der Kriminalchef es bis zu dieser Stunde gewollt hatte, und die Erklärung dafür lag zum Greifen nahe: der Chef hatte den Hausknecht beauftragt, mich zu überwachen, und die großen Geldstücke, die er dem Burschen alle Augenblicke zugesteckt hatte, sollten ihn bestechen, diese Aufgabe zu gegebener Zeit mit unerschütterlicher Ehrlichkeit zu erfüllen. Ich begriff nicht, wie sich der Kriminalchef, dessen makelloser Charakter doch Gegenstand allgemeiner Bewunderung war, sich solcher Mittel bedienen konnte, und es tat mir leid, daß ich auf diese Weise den Hausdiener gegen mich bekommen hatte, für den ich doch zunächst eine gewisse

Sympathie empfunden hatte. Ich erwog, ob ich ihm väterlich klar machen sollte, wie abwegig es sei, Bestechungsgelder anzunehmen. Aber der eigentlich Schuldige war mein Vorgesetzter, und so kam es mir nicht zu, hieran zu rühren, auch wenn ich bei der Kriminalpolizei eine übergeordnete Stellung einnahm.

Wir blieben weiterhin stumm sitzen, die Klingel fuhr fort zu läuten. Diese Situation wurde auf die Dauer unerträglich, und ich fragte spöttisch:

»Welchem Umstand verdanke ich die Ehre dieses langdauernden Besuches?«

»Ich möchte Ihnen gern ein paar Fragen stellen«, sagte der Hausdiener ohne Umschweife, und das mit einer Miene, die auch nicht die geringste Ahnung davon verriet, daß es nicht jedermann zustehe, einem Kriminaloberassistenten Fragen zu stellen. Er wartete denn auch nicht ab, bis ich ihm das Recht zu fragen zugebilligt hatte, er fragte ganz einfach:

»Warum halten Sie sich hier auf, um einen Mord aufzuklären, der ganz woanders stattgefunden hat?«

Ich lächelte wehmütig; denn ich begriff, daß es für ihn natürlich war, so zu fragen. Und als ich mich damit begnügte, mit einem Achselzucken zu antworten, stellte er andere Fragen von gleich rührend primitiver Art:

»Warum geben Sie nicht einen richtigen Steckbrief des Mörders heraus? Dann hätten wir anderen ihn gewiß längst gefunden. Warum muß alles so geheimnisvoll zugehen, wenn gar nichts geheimzuhalten ist? Warum arbeiten Sie nicht mit der Hauptstadt zusammen? – Sie rufen niemals dort an, und wenn hier angerufen wird, tragen Sie ja nicht einmal Sorge dafür, den Anruf selber anzunehmen.«

Zu allen diesen Fragen des Hausdieners nickte ich lächelnd, als sei ich vollkommen einer Meinung mit ihm, was ich na-

türlich nicht war; aber ich war mit derartigen Fragen vertraut. Vielleicht begriff ich es überhaupt erst in diesem Augenblick, als ich den primitiven Burschen sie stellen hörte, wie unwesentlich sie waren, welch geringes Verständnis für den wichtigen Mordfall selbst sie verrieten. Wie sollte ich mich überhaupt verhalten, wenn ich einem Menschen antworten wollte, der so fragen konnte – gab es überhaupt ein einziges Thema, das ich mit diesem ansprechenden, aber auch unbegabten Burschen erörtern konnte? Was verstand ich von Flugzeugen, Rollern, Schundromanen und Hotels? Und was verstand er von einem Mord?
Ich machte mich einen Augenblick an den Stapel von Papieren, um meinen Rapport herauszusuchen. Doch es würde einesteils fast unmöglich sein, die einzelnen Blätter unter all diesen Papieren von gleichem Aussehen zu finden, andernteils würde der Hausdiener nichts davon begreifen. Jedenfalls würde er nur das Unwesentliche begreifen, das sich auf seine Fragen bezog, nicht aber das Wesentliche, das fast keine Beziehung dazu hatte. Wie konnte ich ihm begreiflich machen, daß dieser Mord, zu dem ich so große Affinität hatte, nicht nur mein privater Mord war, sondern auch sein eigener Mord, ja, der Mord aller? Das verstand wohl einzig die Kriminalpolizei, und vielleicht auch nur ein Teil von ihr.
»Es ist wahrscheinlich,« antwortete ich, »daß unsere Tätigkeit hier bald beendet sein wird.«
»Natürlich, wo ja der Kriminalchef schon abgefahren ist«, erwiderte der Hoteldiener.
Erschrocken betrachtete ich die sämtlichen Wände und entdeckte, daß die Photographien verschwunden waren. Ich sprang auf und riß die Schranktür auf – alle Uniformen, Fräcke, Anzüge, Smokings, Jacken, die Socken, die Wäsche, die Mützen – alles war verschwunden! Als ich mich wieder umdrehte und meine flehenden Blicke durchs Zimmer schwei-

fen ließ, entdeckte ich außer den Gesetzbüchern und dem gelben Papier nur die leeren Blumenvasen auf dem Fensterbrett, die mir wenig Hoffnung machen konnten. Der Chef hatte also im Laufe der Nacht die Bilder heimlich abgenommen, und ich selber war allmählich von meiner Umwelt so abgeschnitten, daß ich diese doch recht wesentliche Veränderung gar nicht bemerkt hatte. Unschuldig wie kleine Mädchen hatte an den Wänden die blaßrote Tapete die strengen Blicke des Kriminalchefs abgelöst, und ich war mit dem primitiven Hausdiener im Doppelzimmer allein.

Ich wollte den Burschen natürlich nicht merken lassen, daß ich gar nicht davon unterrichtet war, daß die Reise des Kriminalchefs mehr als ein Ausflug war. Da mir jedoch einfiel, wie der Hotelbesitzer mit einer Schaufel vor dem Auto hergegangen war, fragte ich:

»Hat der Wirt etwas darüber geäußert, wann er zurückkommt?«

»Wann wer zurückkommt? Der Kriminalchef?«

»Nein, der Wirt«, antwortete ich gereizt, da ich ja gerade über den Kriminalchef etwas hören wollte.

»Der Wirt sagte, er käme nicht zurück. Er sagte, der Kriminalchef hätte ihn als Kriminaloberassistenten angestellt; denn er verstünde sich auf den Mord besser als das gesamte übrige Korps zusammen.«

In diesem Augenblick begann ich ernstlich an dem Verstand des Kriminalchefs zu zweifeln. Wie konnte er bloß darauf verfallen, diesen schmächtigen Wirt eines Provinzhotels, der keinerlei Vorkenntnisse von dem Mordfall besaß, ja, der wohl nicht einmal den Steckbrief des Mörders kannte, der doch in allen Sprachen ausgegeben worden war – zum Kriminaloberassistenten zu machen! Und konnte ich in meiner Stellung diese Ernennung anders auffassen, als daß der Wirt dazu ausersehen war, mich zu ersetzen – daß ich mich folglich als entlassen zu betrachten hatte? Diesen sachlichen Überlegungen gegenüber verschlug es sehr wenig, daß der Hausdiener mich immer noch mit ›Herr Kriminaloberassistent‹ angeredet hatte; denn ihm war der Sachverhalt natürlich nicht bekannt.

»Wer soll denn dann das Hotel führen?« fragte ich in meiner allgemeinen Verwirrung, obschon mich dieses rein provinzielle Anliegen natürlich nichts anging.

»Ja, das sollen Sie wohl«, sagte der Hausdiener, und die Vorstellung, daß ich sein Wirt und also sein Vorgesetzter sein würde, hatte offensichtlich bereits große Gewalt über ihn gewonnen; er nahm nämlich beide Beine vom Tisch und wendete sich mir mit einer tiefen Verbeugung zu.

»Ich?« schrie ich fast gellend, denn diese Abmachung traf mich völlig unerwartet. Nicht einen Augenblick wäre es mir eingefallen, daß ich, der ich nicht das geringste davon verstand, dazu bestimmt sein könnte, ein Provinzhotel zu führen. Nach einem Moment der Bestürzung war ich denn auch durchaus imstande, diesen Gedanken als einen Scherz abzuweisen, den sich der Hausdiener ausgedacht hatte.

»Das ist unmöglich«, sagte ich lachend.

»Wer denn sonst?« fragte der Bursche und zählte sorgfältig an den Fingern ab, während er grübelnd die Brauen zusammenzog: »Der Wirt ist Kriminaloberassistent, der kann es also nicht, die Wirtin ist tot, sie kann es also auch nicht, der Gärtner kann keine Zahlen zusammenrechnen, und der Hofbursche kann sie nicht abziehen, und der Gepäckmann kann das Telefon nicht bedienen, und an den Zimmermädchen sind nur die Busen von Gewicht.«

»Die Zimmermädchen?« fragte ich – es war mir einerseits nie in den Sinn gekommen, daß es in diesem Hotel welche gab, und andererseits verwunderte mich die Bemerkung des Burschen über deren Gewichtigkeit höchlich.

Der Bursche nickte lächelnd, und nachdem er alle fünf Finger der ersten Hand aufgebraucht hatte, streckte er mir die ganze andere hin und sagte:
»Es gibt keinen anderen als Sie.«
»Aber ich habe ja keine Ahnung von diesem Hotel.«
»Haben Sie etwa eine Ahnung von *diesem* Mord?« entgegnete der Bursche ein wenig spöttisch, was mich denn doch verletzen mußte.
»Das ist etwas anderes«, erwiderte ich. Der Bursche sah mich aber gleichwohl mit einem dämlichen Lächeln an, das ausdrücken sollte, wie sehr er mich durch seine kluge Frage besiegt hatte. Ich geriet dadurch in eine Raserei, die der des immer hitziger schrillenden Klingelns vollkommen entsprach.
»So sehen Sie doch nach, was da los ist«, brüllte ich.
»Jawohl«, sagte der Bursche sogleich und war aus der Tür. Alles wurde totenstill, und ich mußte, um doch irgendeinen Laut zu hören, den Gesetzbüchern des Kriminalchefs einen Tritt versetzen, so daß sie wie eine Lawine donnernd über den Fußboden purzelten. Als dies getan war, ließ ich meinen Blick forschend an meiner Kriminaluniform hinuntergleiten, die ich nun zwei Monate lang in Ehren getragen hatte. Der Gedanke, daß meine Karriere bei der Polizei jetzt vermutlich zu Ende war, stimmte mich im nächsten Augenblick wehmütig. Eine Zeit so reich an Ereignissen, wie noch keine andere in meinem Leben, sollte ein Ende finden, und doch war das Ereignis noch nicht eingetreten, das als Folge aus all den anderen großen Ereignissen erwachsen sollte: die Aufklärung des Mordes.
Der Hausdiener kam, ohne anzuklopfen, hereingestürzt:
»Der Mord ist aufgeklärt!« rief er.
Ich sah ihn erstaunt an.
»Soeben hat ein Kriminalassistent angerufen. Sie brauchen

sich nicht weiter zu bemühen, hat er gesagt. Es sei ihm ein großes Vergnügen, diese Nachricht zu geben, hat er gesagt.« Offensichtlich war es auch dem Hausdiener ein großes Vergnügen, sie zu bringen. Er trat von einem Fuß auf den anderen, und ich merkte, mit welchem Interesse er unsere Tätigkeit verfolgt hatte. Sein Verhalten wurde für mein eigenes bestimmend, denn auf mich selber machte die Nachricht von der Aufklärung des Mordes nicht den geringsten Eindruck. Als der Bursche mir die Hand reichte, um zu gratulieren, drückte ich sie fest und erklärte, ich möchte ihm gern ein paar Fragen stellen. Ob er wohl zusammenzählen und abziehen könne, und zwar so mir nichts dir nichts. Er bejahte das. Dann forderte ich ihn auf, sich dasjenige Zimmermädchen zur Frau zu nehmen, deren Busen am meisten Gewicht hatte, und da die Gewichtigkeit seiner eigenen Figur unverkennbar war, ernannte ich ihn auf der Stelle zum Wirt. Das rief bei ihm natürlich ein Lächeln hervor, wobei die ein wenig schiefstehenden Zähne in seinem Oberkiefer sichtbar wurden.

Als ich durch den hohen Schnee davonstapfte, stand er mit dem Zimmermädchen, das er unverzüglich ausgewählt hatte, auf dem Balkon. Das Zimmermädchen, das von jetzt an Wirtin sein sollte, warf mir Kußhände nach – jemand anders war nämlich nicht zu sehen –, und der Hausdiener, den ich zum Wirt befördert hatte, legte die Finger an sein helles Haar wie ein Soldat an seine Mütze und führte sie mit einer strammen Bewegung zu einem männlichen Abschiedsgruß zur Seite. »Die Rechnung schicke ich«, rief er mir noch nach.

VI. Die Aufklärung

Ich kam nach Büroschluß zur Polizeidirektion; folglich war niemand da um zu öffnen. Der Hof war menschenleer, aber

voller Matsch; der Schnee hatte endlich zu schmelzen angefangen, und es gluckerte in den Rinnsteinen wie von ständig unterdrücktem Lachen. Es war also kein Mensch da, der mich darüber hätte unterrichten können, wieweit der Mord aufgeklärt war oder nicht; doch schon die Tatsache, daß keine Menschen auf dem Hof waren, während sich ja sonst unzählige dort aufgehalten hatten, sprach dafür, daß der Mord aufgeklärt und es also gar nicht mehr nötig war, neue Mitteilungen von höchster Stelle abzuwarten. Indessen würden, auch wenn der Mord noch nicht aufgeklärt war, die meisten alles darangesetzt haben, wenn nur irgend möglich nicht die ganze Nacht auf dem verschlammten Hof zubringen zu müssen, um so mehr als niemand sie gezwungen hatte, hier Aufstellung zu nehmen. Einen endgültigen Beweis hatte ich also nicht in Händen.
Ich war mir nicht ganz klar, ob ich wünschte, der Mord möchte aufgeklärt sein oder nicht. War er unaufgeklärt, so bestand kein Zweifel, daß ich ihn mir aufgeklärt wünschte, da es ja meine Aufgabe war, den Mord aufzuklären. War er aber wirklich aufgeklärt, würde ich es dann nicht schließlich und endlich doch vorziehen, er wäre noch unaufgeklärt, weil ja die Aufklärung sonst hinter meinem Rücken stattgefunden haben mußte, so daß ich an der Ehre nicht teilhaben konnte trotz meiner besonderen Affinität zu dem Mord? Traf es also nicht zu, daß für mich die Aufklärung des Mordes keineswegs eine Sache des Ehrgeizes war? Oder wünschte ich es nicht vielmehr, weil ich mit einer Aufklärung durch und durch unzufrieden war, die über alle und jeden spurlos hingegangen war, ja, sogar über mich selbst? Wünschte ich nicht, daß die Aufklärung zu einem Ereignis würde, das alles und alle verwandelte – konnte ich eine Aufklärung gutheißen, die derartig lahm war, daß sie selbst erst aufgeklärt werden mußte, um wahr zu werden, und

die also dazu führen würde, daß es gar nicht um die Aufklärung des Mordes, sondern um die Aufklärung der Aufklärung ging? Wohin konnte eine solche Vermutung uns schließlich noch bringen?

Es blieb ja immer noch die Möglichkeit offen, daß der Mord gar nicht aufgeklärt war, sondern daß die Kriminalpolizei durch einen Bluff eine Aufklärung vorgespiegelt hatte; vieles deutete darauf hin, daß der Kriminalchef mit dem Kriminalassistenten über den Hotelbesitzer in ständiger Verbindung gestanden hatte. Wie sollte man sich sonst seine so beispiellos lässige Behandlung der Telefonangelegenheit erklären, und aus welch anderem Grunde wäre er just in dieses Hotel gefahren, wo es doch in allen Teilen der Welt so viele andere Hotels gab?

Man hatte also wahrscheinlich hinter meinem Rücken eine geheime Abmachung getroffen, auf dem Wege der Lüge eine Aufklärung des Mordes zu erreichen und sich dadurch weitere Bemühungen zu ersparen. Und um diese schändliche Verschwörung aufzudecken, hatte ich auf eine gesicherte Zukunft als Wirt eines Provinzhotels verzichtet und stand jetzt in der Vorhalle des Polizeigebäudes, in der ich seinerzeit den Kriminalassistenten mit zwei jungen Damen hatte sprechen hören.

Als der Tag zu grauen begann, erschienen mehrere Leute, nacheinander oder in kleinen Gruppen, und stellten sich draußen vor dem Hauptportal aus kugelsicherem Glas auf; die meisten waren des Wetters wegen in Gummistiefeln und Regenmänteln. Einige läuteten an der Glocke, was bei anderen ein Lächeln hervorrief; sie wußten ja schon längst, daß die Glocke nicht funktionierte. Alle bildeten eine Schlange, die bald durch die Vorhalle hindurch bis auf den Hof hinaus reichte. Doch entdeckte ich das erst so spät, daß ich gezwungen gewesen wäre, mich zu allerhinterst anzustel-

len, wenn ich mich ihnen hätte anschließen wollen. Da ich aber fürchtete, dann den richtigen Zeitpunkt zu verpassen, blieb ich ganz vorn neben dem ersten Glied der Schlange stehen, und da ich in der Uniform eines Kriminaloberassistenten war, wagte niemand etwas dagegen einzuwenden. Ich hatte also noch Nutzen von meiner Uniform, obwohl sie mich daran hinderte, den Zunächststehenden von Mensch zu Mensch die Frage zu stellen, ob der Mord wirklich aufgeklärt sei – aus dem Munde eines anscheinenden Kriminaloberassistenten war eine solche Frage selbstverständlich unmöglich.
Als der Nachmittag anbrechen wollte, wurde die Tür durch den Kriminalassistenten geöffnet. Er forderte das erste Glied der Schlange mit einer wohleinstudierten Verbeugung auf, ihm zu folgen, und obwohl ich, als die Tür geöffnet wurde, einen Schritt vorwärts gemacht hatte, tat er so, als bemerke er mich nicht.
»Entschuldigen Sie«, sagte ich jetzt und wies demonstrativ auf meine eigene Uniform.
»Mein Herr, Sie müssen warten, bis Sie an der Reihe sind«, sagte der Kriminalassistent in bestimmtem Ton.
»Eigentlich bin ich an der Reihe; denn ich stehe schon am längsten hier.«
»Das will ich nicht bestreiten, aber wo sollte es hinführen, wenn ich außer der Reihe vorginge?«
Diese Frage war zwar nicht unberechtigt, doch ärgerte es mich, wie der Kriminalassistent nicht die geringste Rücksicht darauf nahm, daß ich, mindestens der Uniform nach, als sein Vorgesetzter zu betrachten war.
»Sie sehen doch, daß ich zum Kriminalkorps gehöre«, rief ich, als er die Tür schon halbwegs geschlossen hatte.
Langsam machte er die Tür ganz auf und starrte mich an: »Soll das Kriminalkorps etwa dem Publikum gegenüber

bevorzugt werden? Muß nicht, wenn irgendwo, gerade bei der Kriminalpolizei strenge Gerechtigkeit herrschen, bei der Kriminalpolizei, deren heilige Pflicht es ist, die Fahne der Gerechtigkeit ungemein hochzuhalten?«
Mit diesen Worten machte er die Tür scharf hinter sich zu. Verdrossen ging ich an der Schlange entlang zurück; die Vordersten, die die Behandlung, der ich von meinem Untergebenen ausgesetzt gewesen war, mit angesehen hatten, wendeten sich ab, als ich vorbeiging, um ihr Lachen über mich höflich zu verbergen. Die Schlange war aber glücklicherweise so lang, daß ich bald zu den Leuten kam, die von diesem peinlichen Zwischenfall überhaupt nichts wußten. Um es plausibel zu machen, wieso ich hier zu finden war, während ich mich in meiner Uniform doch im Polizeigebäude hätte aufhalten sollen, bemühte ich mich, eine stramm beaufsichtigende Haltung anzunehmen, obwohl ich dabei fürchtete, der oder jener könne mich meiner Uniform wegen nach der Aufklärung des Mordes fragen. Indessen tat es niemand, was wiederum darauf schließen ließ, daß der Mord hinreichend aufgeklärt war.
Als ich jetzt am Schwanz der Schlange stand, wunderte ich mich, daß ich immer der Letzte blieb und niemand mehr kam und sich hinter mir anstellte. Möglich, daß man die persönliche Anwesenheit eines Kriminaloberassistenten am Schluß der Schlange als ein deutliches Zeichen für ihr Ende betrachtete; denn ich sah mehrere mit resignierter Miene eintreten, als wären sie darauf gefaßt, Schlange stehen zu müssen; sobald sie mich aber erblickten, drückten sie höchstes Erstaunen aus und gingen eilends wieder davon. Vielleicht ließ sie auch nur die Länge der Schlange an der Zweckdienlichkeit zweifeln, deren Ende noch zu verlängern, und es kam dann auch tatsächlich so, daß gerade ich als Erster wegen der vorgeschrittenen Zeit – es war unterdessen Abend

geworden – von dem Kriminalassistenten an diesem Tage nicht mehr abgefertigt werden konnte.
»Sagen Sie mir wenigstens, ob der Kriminalchef zurückgekehrt ist?« bat ich und versuchte das Lächeln aufzusetzen, das man unwillkürlich aufsetzt, wenn man einem alten Bekannten gegenübersteht. Aber der Kriminalassistent entgegnete, ohne mein gewiß recht hilfloses Lächeln zu erwidern:
»Sie werden zweifellos verstehen, daß ich eine solche Frage an dieser Stelle nicht beantworten kann.«
Damit zog er die Tür hinter sich zu, und ich sah, wie das Licht hinter dem kugelsicheren Glas ausgelöscht wurde. Ich war also gezwungen, noch eine Nacht an Ort und Stelle zuzubringen. Erschöpft setzte ich mich auf die kalten Fliesen, die noch von dem Dreck feucht waren, den die Audienzsuchenden mit ihren Gummistiefeln hereingeschleppt hatten. Im Laufe von nur wenigen Stunden hatte ich mich in dieser Nacht so erkältet wie noch nie in meinem ganzen Leben, und obwohl ich jeden Augenblick einnicken wollte, scheuchte ich durch mein Husten den Schlaf weit fort, so daß meine Erschöpfung ständig zunahm; doch bewahrte mich meine Erkältung dafür vielleicht vor dem Erfrieren.
In den frühen Morgenstunden durfte ich allmählich die Besucher des neuen Tages erwarten; aber die Sonne war längst aufgegangen, bis sich überhaupt lebende Wesen in der Vorhalle zeigten: zwei schwarze Katzen, die wieder verschwanden, sobald sie meiner ansichtig wurden. Einzelne Leute steckten den Kopf zur Tür herein, nickten mir herzlich zu und zogen sich diskret wieder zurück. Es wurde Mittag, und noch immer stand ich hier allein. Es waren jetzt genau vierundzwanzig Stunden vergangen, seit der Kriminalassistent die Tür aufgemacht hatte, heute blieb sie aber Stunde um Stunde hartnäckig geschlossen. In meiner Ent-

täuschung ging ich so weit, an der Glocke zu läuten, obgleich ich längst wußte, daß sie nicht funktionierte. Schließlich mußte ich mir sagen, daß heute das Büro überhaupt nicht geöffnet wurde; vielleicht war Feiertag. Ich ärgerte mich, daß ich es versäumt hatte, mich nach den Öffnungszeiten des Kriminalbüros zu erkundigen. Aber ich wußte ganz genau, daß ich auch künftig jegliche Gelegenheit vorübergehen lassen würde, derartige Fragen zu stellen, weil sie meiner Uniform wegen zu verdrießlichen Zwischenfällen führen konnten.

Ich mußte also nochmals eine Nacht an diesem Ort verbringen. Da sich am Tage keine Schlange gebildet hatte, so hatte der Wind, der durch die Mauselöcher in den Wänden hereinpfiff, Gelegenheit gehabt, den Schmutz wegzublasen, die Vorhalle war jetzt als Aufenthaltsort gar nicht so ungemütlich; draußen heulte der Wind unablässig, drinnen begnügte er sich damit, zu pfeifen, und ich versuchte mich damit zu trösten, daß ich immerhin sicherer war als die Leute auf See. Sogar mein Husten hatte ein wenig nachgelassen, und in dieser Nacht brachte ich es fertig, einzuschlafen.

Ich erwachte davon, daß mir der dickliche Herr, der mir seinerzeit mit allerlei Anzüglichkeiten aufgewartet hatte, mit seinem Stock auf die Schulter tippte. Während ich mich bemühte, aufzuwachen, trat er diskret einen Schritt zurück, nahm umständlich seinen Hut ab und sagte, als ich endlich ganz wach war:

»Guten Morgen, Herr Kriminaloberassistent, schon so früh auf den Beinen?«

Da ich immer noch auf dem Hintern saß, fand ich diese Frage unverfroren oder zum mindesten deplaciert und hatte nicht die Absicht zu antworten. Doch ohne sich darum zu kümmern, hatte er ein Zigarrenetui aus seiner Innentasche gezogen und bot mir eine ungewöhnlich dicke Zigarre an. Ich kam auf die Beine, und der Anblick einer Zigarre, die zu rauchen ich seit langer Zeit keine Gelegenheit mehr gehabt hatte, trieb mir Tränen in die Augen. Ich nahm sie an, und der dickliche Herr zündete ihr eines Ende an, während ich das andere im Munde hatte, so wie man für gewöhnlich eine Zigarre raucht.

»Das Geschäft geht in letzter Zeit glänzend«, sagte der Herr mit einem breiten Lächeln und klopfte sich auf die Brust, wo das Herz, oder besser, wo die Brieftasche saß.

»Das freut mich«, erwiderte ich höflich, obgleich es mich nicht interessierte.

Ich dachte betrübt darüber nach, wie ich mir meine Zukunft einrichten sollte, wo doch der Mord aufgeklärt und ich also entlassen war. Denn aus dem veränderten Verhalten des dicklichen Herrn mir gegenüber entnahm ich, daß sich etwas Wesentliches ereignet haben mußte, was die Kriminalpolizei in ein günstigeres Licht gerückt hatte, und was konnte das anderes sein als die Aufklärung des Mordes? Natürlich hütete ich mich, Fragen zu stellen, aber ich wartete ungeduldig auf eine Bemerkung des dicklichen Herrn, aus der ich Schlüsse über den gegenwärtigen Stand des Mordfalles ziehen konnte. Obwohl er keinen Hehl daraus machte, daß er gerne plauderte, berührte er den Mordfall mit keinem Wort. Er redete von Steuern und Aufrüstung, von den Preisen für Zigarren und Zigaretten, er sprach vom Verhältnis der steuerfreien Biersorten zu den steuerpflichtigen, und als ich schließlich die Ohren spitzte wie ein Luchs, weil er sagte:

»Falls es Sie interessieren sollte, meine bescheidene Meinung über den Mord zu hören . . .«

– war der Augenblick am Nachmittag gekommen, da der Kriminalassistent, wenn nicht Feiertag war, die Schlange

Glied um Glied in das Polizeigebäude hineinließ. Mit einem Lächeln forderte er mich auf, ihm zu folgen. Neugierig, die Meinung des dicklichen Herrn über den Mord zu erfahren, erwog ich, ob ich nicht stehenbleiben und ihn vor mir eintreten lassen sollte, wodurch ich auch auf geziemende Weise Gelegenheit bekommen hätte, ihm meine Dankbarkeit für die gespendete Zigarre zu zeigen. Da ich aber meine Unterhaltung mit ihm auch dann nicht hätte fortsetzen können, zog ich es vor, dem Kriminalassistenten zu folgen.

Nachdem er mich durch die üblichen langen Gänge und leeren Büros mit Schreibtischen geführt hatte, brachte er mich schließlich in das Privatbüro des Kriminalchefs. Hier befand sich außer dem Kriminalchef selber nur der Kriminaloberassistent, der früher Wirt des Provinzhotels gewesen war, und nachdem der Kriminalassistent und ich eingetreten waren, noch der Kriminalassistent und ich.

»Was wünschen Sie?« fragte der Kriminalchef und sah mich vorwurfsvoll mit jenem Blick an, den ich an ihm durch alle Altersstufen hindurch kannte. Ich ließ meine abgemagerten Finger bescheiden darauf hinweisen, daß ich in Uniform war, doch der sachliche Blick des Chefs wich nicht von meinen Augen ab. Ich versuchte vergeblich, das Lächeln zu lächeln, dessen man nur alte Bekannte würdigt, während ich ganz formlos fragte:

»Ist der Mord aufgeklärt?«

Sowohl der Kriminalchef, wie der Kriminaloberassistent und der Kriminalassistent blickten mich verwundert an. Der Chef rückte ungeduldig an einem Stoß gelber Papiere, der vor ihm lag und sagte ziemlich barsch:

»Unterlassen Sie es künftig, derartige Fragen zu stellen. Zweifellos sind Sie sich darüber klar, daß es die Kriminalpolizei ist, der Sie hier gegenüberstehen. Sie müssen sich doch von vornherein sagen, daß wir nicht erst seit heute

mit Mord zu tun haben und daß es unvernünftig ist, herzukommen und zu fragen, ob ›der Mord‹ aufgeklärt ist. Wir haben ganze Heerscharen von Morden zu Ihrer Verfügung, sowohl aufgeklärte wie unaufgeklärte, und ob Ihr spezieller Mord aufgeklärt ist oder nicht, das ist natürlich ohne tiefere Kenntnis der Sache unmöglich zu entscheiden.«
Der Kriminalchef schwieg und blickte untätig auf seine Papiere hinunter, als warte er darauf, daß ich ihm mit wenigen wohlgewählten Worten diese tiefe Kenntnis vermitteln werde. Hilflos versuchte ich nochmals, jenes bewußte Lächeln zustande zu bringen, aber weder mein früherer Untergebener noch mein früherer Wirt fanden es passend, es zu erwidern. Doch nahm der Kriminalassistent mit geübter Hand einen dicken Band von einem hohen Regal herunter, schlug graziös in ihm nach und sagte mit zuvorkommendem Lächeln:
»Von allen Morden, die begangen werden, werden 70 Prozent aufgeklärt, während 30 Prozent unaufgeklärt bleiben. Es besteht also größte Wahrscheinlichkeit dafür, daß Ihr Mord aufgeklärt ist, sofern er nicht zufällig zu den 30 Prozent unaufgeklärter Morde gehört.«
Wieso mir diese Antwort irgendwie von Nutzen sein sollte, vermochte ich nicht einzusehen. Und da mein Lächeln nichts gefruchtet hatte, fügte ich absichtlich ein Wort in meine Rede ein, das die Gedanken auf alte Tage lenken sollte:
»Ich spreche von dem Mord, zu dem ich eine besondere Affinität habe«, sagte ich und blickte den Kriminalchef bedeutsam an.
»Herrgott,« entgegnete dieser, »Sie werden doch wohl nicht Tag und Nacht Schlange stehen, um Gelegenheit zu finden, uns Fragen über einen Mord zu stellen, der Sie überhaupt nichts angeht?«
»Nein,« erwiderte ich eifrig, als könne ich mit diesem Eifer

die Dummheit auslöschen, die in meinen Worten zwar nicht gelegen hatte, die aber der Kriminalchef in sie hineingelegt hatte, »das tue ich ganz gewiß nicht. Ich wünsche Ihnen nur Fragen über einen ganz bestimmten Mord zu stellen, den Sie, Herr Kriminalchef, wohl kennen, da Sie selbst dabei waren, um die Untersuchung zu leiten.«

Als ich soweit gekommen war, sprang der Kriminaloberassistent, der sich bis dahin vollkommen schweigend verhalten hatte, auf und schrie, während er so gewaltsam an seinem Schnurrbart zerrte, daß die Nase in eine schiefe Stellung kam:

»Jetzt ist es genug. Daß der Herr Kriminalchef in seiner Eigenschaft als Kriminalchef dabeigewesen ist, um die Untersuchung eines Mordfalles zu leiten, daran brauchen Sie ihn wahrhaftig nicht zu erinnern.«

»Natürlich nicht«, antwortete ich, dieses Mal schärfer. »Ich bin nur so kühn, daran zu erinnern, weil ich seinerzeit die Ehre hatte, die Sache ziemlich eingehend sowohl mit dem Herrn Kriminalchef wie mit dem Kriminalassistenten zu erörtern.«

Der Kriminalchef sah mich forschend an. Da ich das Gefühl hatte, als erkenne er mich langsam wieder, nickte ich ihm wiederholt zu, doch verzog er darum keine Miene, betrachtete aber mein Nicken mit den gerunzelten Brauen eines Forschers.

»Herr Kriminaloberassistent«, sagte er schließlich, und ich wollte gerade einen Jubelschrei ausstoßen, weil er endlich entdeckt hatte, wer ich war – als er, sich an den früheren Hotelbesitzer wendend, fortfuhr: »Kennen Sie, als der im Dienst am meisten Erfahrene, diesen Mann da?«

»Natürlich nicht«, antwortete der Wirt und kehrte sich verächtlich ab.

»Dann bedaure ich, daß wir für Sie nichts tun können,«

sagte der Kriminalchef, »und ich bedaure vor allem, daß Sie haben Schlange stehen müssen.«
Mir wurde schwarz vor Augen. Wie ein ferne drohendes Donnergrollen begann ich meinen eigenen inneren Zustand zu ahnen; vorläufig aber war ich auf Grund meiner allgemeinen Entkräftung nicht fähig zu merken, wie fürchterlich es um mich stand.
»Aber die Uniform,« sagte ich mit fast tränenerstickter Stimme, »wie wollen Sie es erklären, daß ich die Uniform eines Kriminaloberassistenten trage?«
»Sie müssen zugeben,« antwortete der Chef mit einem gleichgültigen Blick auf meine Uniform, »daß wir, die wir täglich Hunderte von Fällen auf Tod und Leben zu behandeln haben, uns unmöglich Zeit nehmen können, uns für den Anzug von jedem Beliebigen zu interessieren.«
»Gewiß, das – verstehe ich«, sagte ich unglücklich, während der Kriminaloberassistent und der Kriminalassistent einander mit heiterem Lächeln zunickten. Der letztere trat auf mich zu, legte mir die Hand auf die Schulter, schob sie ein Stück vorwärts, so daß ich meinen Körper einen Schritt mittun lassen mußte, um nicht auf die Nase zu fallen. Und die Hand beständig auf meiner Schulter, führte er mich durch die langen Gänge und leeren Büroräume bis zu der Eingangstür mit dem kugelsicheren Glas. Sanft schob er mich durch sie hinaus und machte den Eingang frei für den dicklichen Herrn, der ehrerbietig den Hut zog.
»Es handelt sich vermutlich um den Mordfall«, fragte der Kriminalassistent mit einer Verbeugung. »Bitte, hier hinein. Ich habe das Vergnügen, Ihnen mitteilen zu können, daß der Fall aufgeklärt ist.«
Mit einem Knall fiel die Glastür hinter ihnen zu.

Inhalt

Phantastische Bibliothek in den suhrkamp taschenbüchern

Eine Auswahl

Aldiss, Brian W.: Der unmögliche Stern. Science-fiction-Geschichten. Aus dem Englischen von Rudolf Hermstein. st 834

Ballard, J. G.: Das Katastrophengebiet. Science-fiction-Erzählungen. Aus dem Englischen von Alfred Scholz und Rudolf Hermstein. st 924

– Der tote Astronaut. Science-fiction-Erzählungen. Aus dem Englischen von Michael Walter. st 940

– Billennium. Science-fiction-Erzählungen. Aus dem Englischen von Alfred Scholz und Michael Walter. st 896

– Hallo Amerika! Science-fiction-Roman. Aus dem Englischen von Rudolf Hermstein. st 895

– Der ewige Tag und andere Science-fiction-Erzählungen. st 727

Becher, Martin Roda: An den Grenzen des Staunens. Aufsätze zur phantastischen Literatur. st 915

Bioy Casares, Adolfo: Morels Erfindung. Phantastischer Roman. Aus dem Spanischen von Karl August Horst. Mit einem Nachwort von Jorge Louis Borges. st 939

– Die fremde Dienerin. Phantastische Erzählungen. Aus dem Spanischen von Joachim A. Frank. st 962

Blackwood, Algernon: Besuch von Drüben. Gruselgeschichten. Deutsch von F. Polakovics. st 411

– Das leere Haus. Phantastische Geschichten. Deutsch von F. Polakovics. st 30

Blick vom anderen Ufer. Europäische Science-fiction. Hg. F. Rottensteiner. st 359

Braun, Johanna u. Günter: Conviva Ludibundus. Utopischer Roman. st 748

– Der Irrtum des Großen Zauberers. Phantastischer Roman. st 807

– Das kugeltranszendentale Vorhaben. Phantastischer Roman. st 948

Bulwer-Lytton, Edward: Das kommende Geschlecht. Roman. st 609

Dick, Philip K.: UBIK. Science-fiction-Roman. Deutsch von Renate Laux. st 440

Erckmann-Chatrian. Das Eulenohr und andere phantastische Erzählungen. Herausgegeben von Kalju Kirde. Aus dem Französischen von Hilde Linnert. st 989

Franke, Herbert W.: Transpluto. Science-fiction-Roman. st 841

– Einsteins Erben. Erzählungen. st 603

– Sirius Transit. Roman. st 535

52/1/8.84

52/2/8.84

Phantastische Bibliothek
in den suhrkamp taschenbüchern

Eine Auswahl

Ray, Jean: Die Gasse der Finsternis. Phantastische Erzählungen. Aus dem Französischen v. W. Thaler. st 1034

Schattschneider, Peter: Zeitstopp. Science-fiction-Geschichten. st 819

Smith, C. A.: Saat aus dem Grabe. Phantastische Geschichten. Aus dem Amerikanischen von Friedrich Polakovics. st 765

Strugatzki, Arkadi und Boris: Montag beginnt am Samstag. Aus dem Russischen von Hermann Buchner. st 780

– Picknick am Wegesrand. Aus dem Russischen von A. Möckel. st 670

– Die Schnecke am Hang. Deutsch von H. Földeak. Nachwort D. Suvin. st 434

Szilard, Leo: Die Stimme der Delphine. Utopische Science-fiction-Erzählungen. Mit einem Vorwort von Carl Friedrich von Weizsäcker. st 703

Weisser, Michael: DIGIT. Science-fiction-Roman. st 873

– SYN-CODE-7. Science-fiction-Roman. st 764

Die andere Zukunft. Phantastische Erzählungen aus der DDR. Herausgegeben von Franz Rottensteiner. st 757

Zulawski, Jerzy: Auf dem Silbermond. Science-fiction-Roman. Aus dem Polnischen von Edda Werfel. Mit einem Vorwort von Stanisław Lem. st 865

– Der Sieger. Ein klassischer Science-fiction-Roman. Aus dem Polnischen von Edda Werfel. st 916

– Die alte Erde. Science-fiction-Roman. Aus dem Polnischen von Edda Werfel. st 968

52/3/8.84

2/2/6.84

2/3/6.84

2/4/6.84

2/5/6.84

2/6/6.84